열정을
만나는 시간

열정을 만나는 시간

| 고정욱 에세이 |

아주 특별한 고 샘의
못다 한 이야기

특별한서재

2 /
행복한 너희에게
너를 사랑해!

3 /

작가가 되다, 열정의 힘
가슴속에 뜨거운 용광로를 품어야 지치지 않는다

4

나눔은 무한 복제가 가능한 디지털이다

나는 휠체어를 탄 통쾌한 사나이다

"여러분! 한 번쯤은 통쾌하게 살고 싶습니까?"

강연에서 삶에 지친 얼굴을 한 청중에게 물으면 모두 고개를 끄덕인다.

과연 살면서 통쾌할 때가 언제일까?

바로 음지가 양지 될 때다. 늘 음지인 줄 알았던 곳에 어느 날 햇빛이 가득 들면 사람들은 모두 깜짝 놀란다. 열악한 환경을 이겨내며 살던 꽃과 풀들은 한껏 자랑스럽게 어깨를 으쓱할 것이다. 또 있다. 쥐구멍에 볕들 때, 굴러온 돌이 박힌 돌 빼낼 때, 모퉁이돌이 머릿돌 될 때, 그리고 시작은 미약하나 끝은 창대할 때……. 이럴 때가 모두 우리 인생에서 통쾌한 순간이다.

나도 통쾌했던 적이 있다. 늘 남의 도움만 받던 내가 기부를 했을 때다. 내 책이 모 방송사의 선정 도서가 되어 인세를 기부해 기적의 도서관이 지어졌을 때 나는 세상에서 가장 통쾌한 사람이 되었다. 이렇게 내 책의 인세를 남들에게 나누어줄 수 있을 때 나는 통쾌했다. 장애인은 남에게 도움을 받을 수밖에 없는 존재다. 그런데 나는 남을 도왔다. 어떻게 통쾌하지 않을 수 있겠는가. 비로소 나는 휠체어 탄 통쾌한 사나이가 됐다.

　이 책은 그동안 발표한 에세이 원고를 청소년을 위해 다시 정리하고 일부 원고는 더 쓰기도 했다. 그러다 보니 본의 아니게 이 땅의 소수자인 내가 세상에 관심을 갖고 나만의 시선으로 세상을 그리려 애쓴 열정의 흔적이 보인다. 청소년들도 그것을 같이 느껴줬으면 좋겠다. 잠시 여유를 갖고 나 같은 장애인도 어떻게 열심히 살았는지. 그리고 이웃과 사회에 관심을 갖고 더불어 살려고 얼마나 애썼는지 살펴보고 도움이 됐으면 좋겠다. 열정을 만난 청소년들의 가슴이 뛸 수 있다면 더는 바랄 게 없겠다.

2017년 겨울, 북한산 기슭에서
고정욱

1

나를 사랑해!

_인생에는 오직
내가 가는 길이 있을 뿐이다

어린 시절과 사춘기를 거치면서
나 자신을 사랑하는 마음을 갖기가 쉽지 않았다.
초등학교 5학년 때까지는 울기도 잘했다.
열두 살 무렵,
나는 울고 괴로워해봐야 소용이 없다는 것을 깨달았다.
그때부터 나를 소중하게 여겼고, 사랑했다.
그러면서 놀라운 변화가 일었다.
…

지금부터라도 자기 자신을 사랑하는 연습을 해야 한다.
자신을 사랑하는 사람만이
매일매일의 삶에 최선을 다할 수 있다.

아들을 짐승처럼
살게 할 수는 없다

어머니가 나를 업고 가쁜 숨을
몰아쉬며 1학년 15반에 들어섰을 때, 주의 사항을 일러주고 있
던 담임 선생님은 말을 멈췄다. 교실은 찬물을 끼얹은 듯 조용
해졌다.

"죄, 죄송합니다. 우, 우리 아들이 몸이 불편해서……."

숨 가쁜 어머니의 말에 당황한 선생님은 황급히 맨 앞자리에
나를 앉게 했다. 그렇게 나는 장애 때문에 다시 한 번 아이들의
구경거리가 되어야만 했다.

어린 시절 내가 소아마비에 걸리자, 어머니는 하늘이 무너지
는 듯한 심정으로 나를 업고 전국 방방곡곡, 용하다는 병원과

한의원을 찾아다녔다. 몸에 좋다는 것은 어떻게 해서든 구해 먹이며 내 몸을 고쳐보려 애썼다. 하지만 백약이 무효. 결국 그때부터 나는 하체를 쓰지 못하는 장애인이 되고 말았다. 혼자 힘으로 서지도 못하고, 한 치도 움직이지 못해 까딱하면 사람 구실 못할 위기에 빠진 장애인, 그게 바로 나의 모습이었다.

주위에서는 그런 나를 갖다 버리라고까지 했다. 먹고 살기가 어렵던 시절, 나 같은 장애아는 외국으로 입양을 가거나 수용시설에 팽개쳐져 짐승처럼 사는 경우가 많았다. 어머니는 자식을 내다버릴 거면 차라리 같이 죽겠다는 각오로 나를 키우셨다. 그것이 아슬아슬하게 넘긴 나의 첫 번째 위기였다.

두 번째 위기는 학교를 입학할 때였다. 혼자서는 어디에도 갈 수 없는 내가 학교를 혼자 다닌다는 건 불가능한 일이었다. 가정 형편이 되는 집은 나 같은 애를 장애 아동을 위한 특수학교에 입학시켰다. 일반 학교에서 철없는 아이들에게 놀림과 차별, 따돌림의 대상이 되는 것이 부모로서 견딜 수 없었기 때문이다.

그러나 우리 집은 그 정도로 부유하지 않았다. 결국 나의 선택은 일반 학교를 다니느냐, 마느냐였다. 어머니는 당신이 매일 업어서 다니겠노라고 결심하셨고, 나는 동네 초등학교에 입학했다. 그 뒤 어머니는 아침에 한 번 나를 업어서 학교에 데려다 놓은 뒤 학교가 파할 무렵, 다시 한 번 학교에 와서 날 업고 집으로 돌아왔다. 그러다 고학년이 되어 도시락을 싸가게 되자, 나에게 찬밥을 먹일 수는 없다면서 직접 밥을 해서 점심때 또 오셨다. 하루에 세 번을 오로지 이 아들을 위해 먼 학교까지 걸음을 하셨다.

그러다 다른 아이들이 찬밥을 먹느라 목이 메는 것을 보신 어머니는, 다음 날부터 커다란 주전자에 보리차를 끓여 들고 오셨다. 반 아이들의 양은 도시락 뚜껑에 어머니는 일일이 보리차를 따라주셨다. 오로지 장애가 있는 아들이 아이들과 잘 어울리며 공부하고 커나가길 바라는 마음이었다.

그렇게 무사히 초등학교를 졸업한 나는 집에서 가까운 중학교에 진학했다. 다행히 중학교부터는 목발을 짚고 걸어 다닐 수 있게 되었다. 그것도 오랜 기간 동안 피나는 훈련을 한 결과였다. 어머니의 무거운 짐이 되는 것이 너무나 죄송하고 싫어서 죽어라 연습하여 내 스스로 어머니의 등에서 내려왔다. 다행히 중학교에서는 1층에 교실을 배정받아 별 어려움 없이 학교를 다닐 수 있었다.

고등학교에 진학한 첫날, 입학식을 마치자 모든 학생들은 배정받은 반으로 들어가 담임 선생님의 지시를 따르라고 했다. 운동장은 순식간에 비워졌다. 규율이 바짝 든 신입생들이 눈 깜짝할 사이에 저마다의 반으로 찾아 들어간 것이다. 내 손에 쥐어진 배정표는 1학년 15반. 4층 꼭대기 교실이었다.

어머니는 이미 덩치가 커진 나에게 아무 망설임 없이 등을 내미셨다. 어머니의 등에 업힌 나는 손으로 목발을 드는 일밖에 할 게 없었다. 이미 조용해진 교사의 계단을 어머니는 한 칸씩 힘겹게 오르셨다. 울컥 내 목구멍에서 뜨거운 것이 치밀어 올랐다. 왜 하필 나는 장애인이 되어서 이렇게 어머니를 고생시키나? 이런 고통이 언제까지 계속되어야 하나? 대상을 알지 못하는 분노가 내 어린 뇌리에 가득했다. 하지만 어머니는 당신의 벗어버릴 수 없는 숙명처럼 나를 업고 2층, 3층, 4층을 차례로 올랐다. 어머니의 마음에 무엇이 들어 있었는지 나는 알 길이 없었다.

1학년 15반 담임 선생님은 종례가 끝나자 어머니에게 다가와 말했다.

"이 교실에서 공부하는 건 무리네요. 내일은 아래층 교실로 바꿔 드리겠습니다."

다음 날 나는 1학년 3반으로 가게 되었다. 3반은 2층에 있는 반이었다. 나 대신 한 아이가 15반으로 가방을 싸서 올라갔다.

그 후 나는 계단 오르는 법을 익혀 혼자 힘으로 고등학교를 다녔다. 목발을 짚느라 내 손바닥 곳곳엔 온통 두꺼운 굳은살이 박혔다. 그러나 어머니의 등에 다시 업히지 않아도 된다는 기쁨과 홀가분함이 더 컸다.

흔히 사람들은 턱과 계단 앞에서 장애인을 업어주거나 들고 나르는 것이 가장 간단한, 그러면서 인간적이고 감동적이기까지 한 해결책이라고 생각한다. 그러나 그것은 틀린 생각이다. 적절한 편의시설만 갖춰진다면 대부분의 장애인은 혼자서 모든 일을 해결할 수 있다. 그리고 그것이 모든 장애인이 가장 원하는 바다. 날마다 남의 도움을 받으며 미안하다, 고맙다를 입에 달고 살고 싶은 사람은 이 세상에 단 한 명도 없을 것이다.

오늘까지 나는 독립적인 장애인으로, 남에게 의존하지 않고 내 가족을 부양하며 자유로운 한 인간으로 살아가고 있다. 이것은 모두 강인함을 몸소 실천함으로써 나에게 보여주신 어머니의 희생과 노력 덕분이다.

나의 핵심 역량은
책 읽기에서 비롯되었다

 다섯 살 무렵 나는 한글을 깨우쳤다. 장애아인 나는 어려서부터 부모님의 애틋한 사랑을 한 몸에 받았다. 내가 서지도 걷지도 못하자 부모님은 공부라도 잘 시켜야겠다는 생각을 하신 듯했다. 군인이었던 아버지는 사병을 나의 선생님으로 붙여주었다. 선생님은 매일 시간을 내서 관사로 찾아왔다. 처음에는 신기하고 재미있었지만 차츰 공부가 괴롭고 싫어졌다. 선생님이 관사 문을 열고 들어오면 울음을 터뜨렸던 기억이 난다. 예나 지금이나 공부는 늘 힘들고 어려운 일이다.

이러구러 선생님 덕에 한글을 읽고 깨우친 나는 그때부터 새로운 세계가 열리는 경험을 했다. 나의 독서력을 획기적으로 올려준 것은 만화였다. 마침 함께 살고 있던 작은 삼촌이 만홧가겟집 딸과 사귀는 사이여서 매일매일 나를 안고 그곳으로 갔다. 글과 그림이 있는 만화는 금세 나의 인식을 넓혀주었다.

만화에 어느 정도 익숙해지자 그림 없이 글로만 된 책을 읽을 수 있게 되었다. 상상력이 발전하기 시작한 것이다. 나는 책벌레가 되었다. 초등학교에 들어가기 전에 이미 아버지가 사준 동화 전집을 읽고 또 읽어 외울 정도였다. 오죽하면 어렸을 때 소원이 우리 집이 서점이나 도서관이었으면 좋겠다는 거였을까.

한번은 우리 집을 찾아온 손님이 책을 사가지고 왔다. 내가 책을 좋아한다는 사실을 알았기 때문이다. 기쁜 마음에 책을 받아들고 나는 방으로 들어갔다. 손님이 부모님과 대화를 나누고 있을 동안 나는 미친 듯 책에 탐닉했다. 책을 다 읽을 무렵 손님이 집을 나서는 소리가 들렸다. 나는 재빨리 마루로 나가 손님에게 말했다.

"아저씨, 이 책 좀 바꿔다 주시면 안 돼요?"

결국 아저씨는 서점에 가서 새 책으로 바꾸고, 여기에 한 권 더 사서 두 권의 책을 갖다 주었다. 이렇게 책에 빠져 있던 나에게 새 책은 늘 갈증의 대상이었다. 새로운 이야깃거리를 읽고 싶은 욕망은 밥을 먹거나 놀러 가고 싶은 욕망보다 더욱 강한 것이었다. 소년 잡지도 구독하고 이웃집에 있는 아이들과 만화책을 바꿔 보기도 했다. 그뿐만이 아니었다. 읽을거리를 찾아 떠도는 내게, 매일 저녁 아버지에게 배달돼 오는 석간신문은 적절한 표적이었다. 처음에는 시사만화만 보다가 서서히 옆에 있는 기사들을 읽다 보니, 거의 국한문 혼용체인 신문도 읽는 데 큰 어려움이 없게 되었다. 한자 공부가 자연스럽게 된 셈이다.

초등학교에 들어가니 학급 문고라는 것이 있었다. 아이들이 한 권씩 집에서 가져온 책을 모아놓은 것이었다. 과밀학급이었던 그때는 한 반에 70, 80명의 아이들이 있었다. 한 사람당 한 권씩만 책을 가져와도 학급 문고는 제법 읽을 만한 분량이 되었다. 체육 시간이 되어 아이들이 바깥에 나가 뛰어놀 때 나는 학급 문고를 꿰차고 앉아 읽기 바빴다. 새 학기가 시작되고 한두 달이 지나면 나는 학급 문고 전체를 다 읽었다. 나의 읽기에 대한 갈증은 정말 타는 목마름이었다. 그런 내 성화에 견디다 못한 아버지는 내가 5학년이 되자 당신의 책장을 열어주셨다.

"이제는 어른 책을 읽어도 되겠다. 자, 읽어라."

아버지가 열어준 책장은 나에겐 보고寶庫였다. 삼국지를 비롯해 세계문학전집, 한국문학전집, 수필문학전집은 말할 것도 없고 셰익스피어전집까지 깡그리 읽어버렸다. 아버지의 장서 수백 권이 내 손 안에서 초토화되었다. 중학교에 들어갈 무렵 이미 나의 독서량은 수천 권에 달했다.

중학교 1학년 때 담임 선생님은 말했다.

"정욱이, 너는 커서 소설가가 되어야겠구나."

그러나 나는 그때 소설가의 꿈이 전혀 없었다. 먼 훗날 작가가 된 뒤에야 나는 그때의 담임 선생님을 찾아뵈었다. 선생님은 크게 웃으며 말했다.

"녀석아, 내가 너 소설가 될 거라고 말했지?"

제자를 바라보는 스승의 눈은 역시 예리했다.

다섯 살 때부터 시작한 독서는 나의 핵심 역량이 되었고, 평생을 함께하게 되었다. 책을 통해 나는 인생을 배웠고, 삶의 고민을 알게 되었다. 그리고 장애의 고통을 뛰어넘을 수 있는 지혜도 얻었다. 요즘도 나는 책을 계속해서 읽고 있다. 책 안에는 너무나 많은 가르침이 있다. 삶에서 부대끼며 겪는 내 고통에 유일한 위안이 바로 책이다. 책이야말로 나의 위대한 스승이다.

새 학기,
교과서 싸는 날

　　　　　　　　　3남 1녀의 장남인 나는 1960년
대에 초등학교를 다녔다. 먹고살기 힘들던 시절, 군인이던 아버
지는 당시 한창이던 월남전에 참전했다. 어머니 혼자 살림을 했
고 초등학교 2학년 때 내 밑으로 동생이 셋이나 있었다. 막내 동
생은 갓 돌을 넘긴 갓난아기였다.

　어머니는 나를 업고 매일 학교를 오갔는데 어머니와 학교에
서 집에 돌아와보면 집 안은 마치 폭탄 맞은 것 같았다. 동생들
셋이 엉망진창을 만들어놓았다. 우리 넷을 어머니와 식모 누나,
둘이서 감당하기엔 너무 버거웠다. 아이들은 함부로 나뒹굴었
고 닥치는 대로 어질렀다. 집 안과 바깥을 들락날락하며 먼지를

일으켜 쑥대밭을 만들었다.

너그러운 품성의 어머니는 아이들이라면 당연히 그러려니 생각하고 별다른 책망을 하지 않았다. 그러다 보니 집 안에는 기저귀가 휘날리고, 막내는 똥오줌을 수시로 싸대며 울어젖혔다. 엄마가 막내를 키우느라 정신이 없는 와중에 철없는 둘째, 셋째도 물건을 제자리에 놓는 법 없이 마구 어질렀다.

나는 가장 조용하다고 생각되는 건넌방으로 들어가 책가방을 열었다. 오늘은 새 학년 새 학기 시작하는 날이라 학교에서 교과서를 잔뜩 받았다. 국어, 산수, 사회, 자연……. 책을 펼쳐 냄새를 맡으면 잉크 냄새가 무척 향기로웠다. 삽화를 들여다보면서 나는 가슴 뿌듯해졌다. 아침에 선생님이 책을 나눠주면서 하시던 말씀이 생각났다.

"집에 가서 교과서에 표지를 꼭 싸도록 해. 달력이나 두꺼운 종이로 싸는 게 좋다."

"네!"

아이들은 알림장에 '교과서 싸기'라고 썼다.

당시에는 새 학기 교과서를 받으면 겉을 싸는 게 일이었다. 요즘처럼 종이가 질기거나 좋지 않았던 시절, 교과서는 한 학기 동안 아이들이 가방에 넣고 다니면서 공부하기에는 내구성이 많이 떨어졌다. 그러니 표지를 싸는 것이 필수였다.

그렇게 교과서를 싸기 위해 준비를 하는데, 막내가 엉금엉금 기어 들어와 방 안에서 오줌을 쌌다.

"엄마! 정호가 오줌 쌌어요!"

걸레로 오줌을 닦으며 나는 엄마에게 외쳤다. 엄마는 지친 얼굴로 달려와 동생을 번쩍 안아 찬물에 엉덩이를 마구 씻겼다. 따뜻한 물이 늘 준비되어 있던 시절이 아니었기에 돌잡이의 엉덩이도 엄마는 그냥 찬물로 씻겼다. 그게 오히려 건강에 더 좋았을지도 모른다. 엉덩이가 찬물로 푸르뎅뎅해진 녀석에게 엄마는 기저귀를 채우고 허리에 고무줄을 둘렀다. 노란색 고무줄로 기저귀를 차고 바지를 입은 뒤 막내는 또 방 안 구석 여기저기를 돌아다녔다. 주위에 있는 아무거나 집어 입으로 가져가기 때문에 늘 조심해야 했다.

동생들이 마루와 안방, 부엌까지 드나들며 떠들 때 나는 건넌방 문을 닫고 들어앉아 교과서를 펼쳤다. 드디어 나에게 읽을거리가 생겼다. 책을 좋아했던 나는 교과서도 받아오는 그날로 다 읽어야 직성이 풀렸다. 내게는 교과서도 그저 재미나는 새 책일 뿐이었다.

나는 일단 국어책부터 펼쳤다. 다양한 문학 장르가 소개되는데 동시, 동화, 각종 이야기들이 그렇게 재미있을 수가 없었다. 게다가 교과서는 깔끔한 활자와 올바른 철자법으로 가장 모범

되는 책이 아닌가. 읽기도 편했다. 동화책은 글씨도 작고 그림도 흑백이 대부분이었는데 교과서는 컬러였다. 조악한 수준의 인쇄였어도 그림에 색이 칠해져 있어 훨씬 생생한 느낌을 주었다.

정신없이 국어책을 다 읽고 나면 사회, 자연…… 닥치는 대로 읽었다. 장애를 갖고 있는 나는 밖을 돌아다니지 못하므로 집 안에서 활자중독증 수준으로 책을 읽었다. 읽은 책을 읽고 또 읽는 와중에 새 책인 교과서가 왔으니 얼마나 기쁜가.

새 교과서를 다 읽고 나는 엄마에게 물었다.

"엄마, 작년 달력이 어디 있어요?"

3월이었기에 작년 달력은 어딘가 방구석에 처박혀 있을 것이다. 당시에는 달력 같은 좋은 종이를 그냥 버리는 건 상상도 할 수 없는 일이었다. 뭔가 소중한 데에 쓰거나, 하다못해 잘라서 뒷면을 메모지로 쓰곤 했다.

"다락에 있다."

다락에 올라가보니 그 당시엔 최고급 종이인 흰 아트지에 인쇄된 달력이 있었다. 나는 달력을 고이 가지고 내려와 책을 싸기 시작했다. 이런 달력으로 책을 싸는 건 가장 이상적이었다. 다른 아이들을 보면 모조지나 비료포대로 싸기도 했다. 신문지로 싸오는 아이도 있는데 그런 책은 며칠 가지 못하고 다 찢어졌다.

책표지를 싸는 방법은 종이를 넉넉하게 마름질해서 교과서 표지를 대고 모서리를 접어 넣은 후 단단하게 풀칠을 하는 거다. 한 권씩 정성껏 각을 잡아가며 쌌다. 걷지 못하고 손으로 방안을 기어 다니던 나인지라 손재주가 제법 있었다. 딱딱 맞춰서 각을 접고 손톱으로 접은 부분을 눌러주면 야무진 책표지 싸기가 완성되었다. 책표지를 싸면서도 표지 안의 그림과 내용을 읽어 내려갔다. 모두 다 재미있었다. 새 책에 있는 내용을 공부할 생각을 하니 설레고 기분이 좋았다. 옆에는 새로 준비한 새 노트도 놓여 있었다. 노트도 과목별로 문방구에서 샀다. 무제 노트엔 과목 이름도 적었다.

이런 신기한 장면을 극성스러운 동생들이 놓칠 리 없었다. 어느새 몰려와 구경했다.

"오빠 뭐해?"

"어, 책표지 싸."

"와! 나도 해볼래!"

"안 돼, 안 돼. 위험해."

칼과 가위, 풀 등을 보고 동생들은 장난치고 싶어 했지만 나는 엄하게 막았다. 다치면 큰일이기 때문이다. 오후 내내 깨끗하게 달력 뒷면으로 하얗게 싼 교과서에 나는 제목을 적었다. 국어, 산수, 사회, 자연 그리고 내 이름도 적었다. 이렇게 깨끗이 싸놓으면 한 학기 내내 공부해도 표지가 떨어지지 않는다. 그리고 정말 신기한 건, 한 학기가 끝난 뒤 표지를 뜯어보면 벗겨진 속표지는 완전히 새 것이었다. 당연한 건데 그땐 그것이 그렇게 신기할 수가 없었다. 본문은 때도 끼고 밑줄을 치느라 찢기기도 해 지저분하지만, 겉표지만은 깨끗이 보존되었다.

그렇게 시간을 보내던 중 어느새 해가 저물었다. 엄마는 안방에 밥상을 차려놓고 불렀다.

"정욱아! 밥 먹으러 와라!"

하지만 나는 교과서 싸는 일, 교과서 안에 있는 그림들을 보는 일이 마냥 즐거웠다. 한두 권만 더 싸면 끝날 것 같았다. 어려서부터 나는 손에 잡은 일을 앉은 자리에서 다 끝내는 것을 좋아했다.

"엄마, 안 돼요! 조금만요."

동생들은 벌써 밥상에 달라붙어 밥을 먹고 있었다. 나는 힘껏 속도를 내서 교과서 포장을 다 마치고 뒤늦게 안방으로 기어갔다. 걷지 못하는 내가 실내에서 이동하는 방법은 기는 것뿐이었다.

동생들은 벌써 저녁식사를 마치고 텔레비전 앞에 앉아 있었다. 나는 어머니가 한쪽에 치워놓은 밥과 남은 국그릇을 당겨 밥을 먹기 시작했다. 텔레비전에서 나오는 만화를 보느라 동생들은 모처럼 조용해졌다. 한참 보던 만화 방송이 끝나자 동생들은 마루로 나갔다. 기저귀 찬 막내까지도 바깥으로 나갔다. 비로소 나는 밥을 먹으면서 엄마와 대화를 나눴다.

"엄마, 책 다 쌌어요."

"그랬구나. 달력 모자라지 않았니?"

달력은 열두 장에 표지까지 한 장 더 있었다. 교과목은 기껏해야 일고여덟 개. 모자랄 리가 없었다.

"아뇨, 충분했어요."

"음, 잘했어."

어머니는 동생들 때문이기도 하지만 웬만한 일은 나 혼자 하도록 내버려두었다. 요즘 엄마들처럼 나서서 뭔가 해주지 않았던 것이 오히려 내게는 큰 도움이자 기회가 되었던 것 같다.

"엄마, 전과와 수련장도 필요한데요."

"그래, 걱정하지 마. 엄마가 내일 돈 줄게."

어머니는 나와 같이 매일 학교를 가시니 학교 앞 문방구에 들러 전과나 수련장을 사는 일은 어려운 일이 아니었다. 돈을 가지고 있는 엄마와 늘 함께 다니기 때문에 든든한 마음이 들기도 했다. 밥을 먹으며 엄마는 당부했다.

"애들하고 친하게 지내고, 선생님 말씀 잘 들어."

"네."

어려서부터 책이라면 닥치는 대로 읽어서인지 나는 학교 성적이 늘 우수했다. 그래서 공부를 잘하라든가 열심히 하라는 말은 특별히 들은 적이 없었다. 어머니는 성적에 대해서 그다지 걱정하시지 않은 것 같았다.

저녁상을 물리자 어머니는 부엌에서 설거지를 시작했다. 마루에서 떠들던 동생들이 갑자기 조용했다. 순간 예감이 이상했다. 건넌방으로 부리나케 건너가 보았더니 동생 녀석들이 내가 곱게 싸놓은 교과서를 어지럽게 펼쳐놓고 킥킥대며 들여다보고 있는 것이 아닌가. 가슴이 철렁했다.

"야! 너희들!"

"아, 재밌어. 오빠 읽어줘."

녀석들은 교과서가 그림책이라도 되는 줄 알았다.

"안 돼! 내일부터 공부해야 된단 말이야!"

동생들은 내가 마구 교과서를 뺏자 서러운 표정으로 나를 바라봤다.

"나도 학교 가고 싶어!"

"나도 책 읽고 싶어!"

동생들이 나란히 고함을 질렀다. 나는 약간 미안해졌다.

"좋아, 좋아. 내가 읽어줄게."

동생들을 앉혀놓고 나는 책을 읽기 시작했다. 국어책이었다.

그림도 보겠다고 해서 둘째와 셋째 동생을 방바닥에 배 깔고 엎드리게 해놓고 나는 그 가운데 엎드려 교과서를 읽었다. 녀석들은 그림을 보며 깊이 이야기에 빠져들었다.

"형, 정말 재미있어."

"재미있어?

"나도 빨리 학교 가고 싶어."

"그래그래."

그 순간이었다.

"어? 정호야?"

고개를 돌리던 둘째 정헌이 뭔가를 발견하곤 크게 소리를 질렀다. 본능적으로 돌아보니 어느새 기저귀를 풀어버린 막내가 고추를 달랑달랑 내놓은 채 내가 예쁘게 싸놓은 교과서 위로 오줌을 질펀하게 싸고 있었다.

"안 돼!"

달려들어 교과서를 뺏었지만 이미 늦었다. 사회와 자연 책은 녀석의 노란 오줌 세례를 실컷 받은 뒤였다. 오줌이 뚝뚝 떨어지는 교과서를 들어 올리며 나는 그만 울고 말았다.

"으아앙! 교과서에 오줌을 싸다니!"

나는 너무 억울하고 분했다. 그냥 퍼질러 앉아 엉엉 울고 말았다.

"으아앙!"

동생들은 내가 울자 어쩔 줄 모르고 나만 바라봤다. 그러자 뭔가 일이 심상치 않다고 여기셨는지 어머니가 안방에서 건너와 사태를 파악하고는 한 말씀 하셨다.

"그러게 애 손에 안 닿는 높은 데 올려놨어야지."

"난 몰라, 잉잉!"

나는 훌쩍이며 젖은 교과서를 걸레로 닦았다. 정말 속이 상했다. 하필이면 교과서를 곱게 싼 첫날 이런 일이 벌어졌단 말인가. 힘들게 싸놓은 교과서가 퉁퉁 불어 올랐다. 냄새를 맡아보니 지린내도 났다. 그렇다고 어린 동생이 오줌 싼 것을 어쩌겠는가. 부주의했던 나를 탓할 수밖에.

결국 그 학기 내내 나는 오줌으로 불어 올라 종이 표면이 거칠게 일어난 교과서로 공부를 했다. 돌이켜보니, 교과서가 젖었건 말랐건 중요한 것은 그 교과서에 담긴 내용이었다.

요즘 품질 좋은 교과서를 보면 그 시절 생각이 난다. 달력으로 교과서 표지를 싸서 공부한 세대로서는 부럽기 짝이 없다. 하지만 보람도 있다. 그리고 교과서 표지를 싸서 공부한 세대가 우리나라를 이렇게 잘살게 만들었다는 자부심이 든다.

내 장애를 인정한
아버지

　　　　　　　　　부모님은 호기심이 많은 나에
게 좋은 구경거리가 있으면 되도록 보여주려고 애쓰셨다. 초등
학교 6학년 때였던 것 같다. 토요일 오후에 귀가하신 아버지는
나와 동생들에게 새로운 산업 전람회를 구경 가자고 하셨다. 물
론 나의 견문을 넓혀주기 위함이었다.

　나를 업은 아버지는 여의도로 가는 택시를 탔다. 지금은 볼
것이 너무나 많지만 당시는 그런 구경거리가 무척 귀할 때였다.
게다가 요즘처럼 눈코 뜰 새 없이 바쁘지도 않은 시절이니 구
경거리에 사람들이 몰리는 게 당연했다. 여의도 광장엔 긴 줄이
늘어서 있었다. 나를 업고 그 긴 줄을 보신 아버지는 한 치의 망

설임도 없이 줄의 앞으로 다가가 서 있는 중·고등학생들에게
말했다.

"어이, 학생들. 미안해. 우리 애가 몸이 불편해서 새치기 좀 하
자고."

아버지의 넉살에 중·고등학생 형들이 순순히 자리를 양보해
주었다. 그 덕에 나는 긴 줄을 서지 않고도 바로 입장할 수 있었
다. 그러나 내 얼굴이 화끈거렸다. 장애인이었음에도 장애를 인
정하지 않으려 했던 나는 당당하게 줄을 서서 입장하길 원했다.
나도 그들과 다를 것 없다는 자존심이었고 특별대우를 받기 싫
다는 제법 기특한 생각이었다.

그러나 아버지는 나의 그런 마음을 묵살했다. 몸이 불편한 장
애인이 갖는 당연한 권리라고 여겼다. 장애 때문에 이미 동등한
조건으로 경쟁하거나 생활하기 어려울 바에는 비장애인들이 편
의를 봐주고 배려해야 한다는 생각이셨다.

나중에 커서 미국 등의 선진국을 다녀보니 장애인은 아예 줄
을 서지도 않았다. 아무리 긴 줄이 늘어서 있어도 장애인은 언
제나 맨 앞이었다. 디즈니랜드를 갔을 때 미국에 사는 조카가
걱정스럽게 말했다.

"고모부, 하루에 디즈니랜드를 다 볼 수 없어요. 너무 줄이 길
어요."

그러나 이게 웬일. 휠체어를 탄 내가 나타나자 각종 놀이기구 앞에 섰던 직원들이 우리 일행을 앞으로 오라고 하더니 제일 먼저 태워주는 것이 아닌가. 덕분에 신이 난 건 조카였다. 하루 만에 그 많은 놀이기구를 줄 서지 않고 다 타볼 수 있었으니, 꿈인가 생시인가 싶었을 것이다.

그렇다면 새치기를 하고자 하는 아버지의 마음은 당시로선 선진적(?)인 발상이었다. 물론 당신의 속내는 나를 업고 오랜 시간 줄을 서 있기 괴로워서일 수도 있겠지만……. 아버지 덕에 나는 당시로서는 첨단산업 제품이던 디지털 전자시계를 처음 구경했다.

그 뒤 중학교 3학년 여름이었다. 많이 해보지는 못했지만 나는 낚시를 좋아했다. 늘 넓은 강이나 호숫가에 앉아 은빛 찬란한 물고기를 낚는 꿈을 꾸는 아들을 바라보며 아버지의 마음은 참으로 애가 탔을 것이라는 생각이 든다.

혼자 힘으로는 좋아하는 낚시를 다니지 못하는 나를 위해, 어느 날 아버지는 도구를 챙겨 나와 동생들을 데리고 낚시를 가기로 했다. 직장 동료들에게 어디에 물고기가 많은가를 물어보신 뒤 아버지는 파주 어디쯤의, 붕어가 많이 나온다는 오리골 저수지를 알아냈다.

지금도 잊히지 않는다. 나는 방학을 했지만 아버지는 휴일이 없기에 7월 17일 제헌절이 우리의 D-데이였다. 아버지는 나를 업고 동생들은 낚시 가방을 든 채, 우리는 불광동 시외버스 터미널에 도착했다. 찜통 같은 더위에 아버지는 나를 업고 후덥지근한 시외버스에 올랐다. 버스는 이윽고 덜컹거리며 출발했고, 우리는 한참 뒤 목적지에 도착했다.

개구리가 풀섶 사이로 튀고 매미 소리가 요란한 시골길을 아버지는 하염없이 걸었다. 목이 매우 탔고 땀은 비 오듯 흘러서 업힌 나도 고역이었다. 얼마를 그렇게 걸었을까. 아버지는 나를 풀섶에 앉히고 잠시 쉬었다. 그때 나는 아버지의 등을 질펀하게 적시며 흐르는 땀을 보았다.

"아버지 너무 힘드시죠?"

아버지가 안쓰러웠다.

"괜찮다. 우리 아들이 낚시를 하고 싶다는데 내가 어딘들 못 가겠냐?"

나는 그 말씀에 목이 메었다.

그날 나는 한 마리의 고기도 낚지 못했다. 더운 여름날의 대낮 낚시가 잘 될 리 없는 건 상식이었다. 그러나 나는 분명 낚은 것이 있었다. 그건 바로 아버지의 사랑이었다. 그러한 아버지의 사랑 덕에, 나는 지체장애를 가지고도 남들보다 더 많은 경험을 했고, 왕성한 호기심과 탐구심으로 사물을 관찰하고 살필 수 있었다.

장애가 있더라도 노력하면 할 수 있다는 것을, 포기하지 않으면서 사는 법을 배운 것은 오롯이 아버지의 땀에 젖은 등 때문이다.

인생에는 오직 내가
가는 길이 있을 뿐이다

 나는 고등학교 때까지 이과 공부를 했다. 장차 의사가 되어 나와 비슷한 장애인을 돕고 싶었다. 그런데 대학 입학을 앞두고 장애인은 의학을 전공할 수 없다는 청천벽력 같은 소리를 들었다. 전도양양하던 청소년의 앞길이 콱 막혔다.

좌절하고 있던 내게 담임 선생님은 문과 전공으로 지원을 바꾸라고 했다. 적성이고, 소질이고 아무 상관이 없었다. 오로지 대학을 가야 그나마 사람 구실을 한다는 생각에 나는 부랴부랴 문과로 전환했다. 그 결과 국문과에 합격했고, 우여곡절과 천신만고 끝에 작가가 되어 20년 넘게 활동하고 있다. 운 좋게 베스트셀러도 냈고, 전업 작가로서의 삶을 아직까지 살고 있다.

하지만 나는 늘 생각했다. 내가 장애인만 아니었더라면, 의대 입학만 할 수 있었다면 지금쯤 호의호식하고 존경받으면서 더 행복하게 살지 않았을까, 라고. 그래서 고등학교 동창인 의사들을 보면 내심 부러웠다. 때로는 배가 아프기도 했다. 장애 때문에 탄탄대로가 막혀 나는 험한 길을 구불구불 힘들게 간다며 속상해하기도 했다.

그런데 내가 가지 못한 탄탄대로를 걷는다고 생각한 의사나 변호사 친구들과 이야기를 나누면서 깨달았다. 그 친구들도 모두 자기가 원래 가고자 했던 길과는 조금씩 달리 갔다는 것을. 의사인 친구는 요즘 병원 운영이 어려워 빚이 너무 많다고 했다. 변호사 친구도 너무 많은 변호사가 배출되어 도무지 먹고 살 수가 없다고……. 오히려 그들은 나를 부러워했다.

나는 알았다. 인생에 탄탄대로는 없다는 것을. 가지 못한 길도 없다. 대부분의 사람들은 어리석게도 자신이 가지 못한 길은 탄탄대로였을 거라 생각하며 늘 안타까움을 가슴에 품고 산다. 한 사람도 예외가 없다.

이제 나는 감히 말할 수 있다. 우리네 인생에 길이 있다면, 그저 내가 가는 길이 있을 뿐이다. 그냥 오늘 내가 할 일은 그 길을 묵묵히 가는 것이다. 가다 보면 진흙탕에, 절벽에, 험한 오르

막이 있을 수도 있지만 예쁜 꽃이 피어 있는 오솔길이나, 탁 트인 넓은 길도 나올 것이다. 힘들게 언덕을 오르면 시원한 바람이 내 땀을 식혀주기도 할 것이다.

내가 할 일은 내가 가는 길을 열심히 가는 것뿐이다. 탄탄대로는 이 세상 어디에도 없으니까.

내 친구
톰 소여

 나의 어린 시절은 우울했다. 친구들은 모두 밖에서 뛰어노는데 그 친구들과 어울릴 수 없는 나는 물끄러미 쳐다보기만 했다. 이 세상에서 나만 불행하고 내가 가장 비참한 사람이라고 느꼈다.

그런 나의 친구는 책이었다. 수많은 동화와 각종 이야기는 나를 위로해주는 유일한 친구였다. 그 가운데서도 힘들고 어려운 고난을 겪을 때 가장 위안을 준 책은 바로『톰 소여의 모험』이었다. 미국 작가 마크 트웨인이 쓴 이 작품의 주인공 톰은 놀랍게도 고아다. 하지만 톰은 한 번도 좌절하는 모습을 보여주지 않았다. 늘 유쾌하고, 기죽기는커녕 오히려 어른들을 조롱하며 리더십을 발휘했다.

말썽 부린 벌로 담장을 칠하라고 이모가 페인트 통을 넘겨주었을 때, 톰은 오히려 아이들에게 사과나 각종 장난감을 받고 페인트칠을 허락한다. 이 작품을 읽은 사람들은 이 대목이 어른들을 조롱하는 장면이라고 말하지만 나는 생각이 다르다. 부모도 없고 이모에게 얹혀 사는 톰이 친구들을 그렇게 자발적으로 일하게 만든다는 것은 뛰어난 리더십을 가졌다는 증거이기 때문이다. 이외에도 톰은 용감하게 여러 모험도 하고, 억울한 처지에 빠진 어른들에게 도움을 주기도 하는 등 아주 씩씩한 아이다.

톰은 소아마비를 앓아 장애아로 살고 있는 내게 용기와 희망을 주었다. 이후 내가 친구들을 이끌고 리더 역할을 할 수 있게 된 것도 어린 시절 읽은 이 책 덕분이다. 열 번도 넘게 이 책을 읽으면서 나는 생각했다.

'나중에 나도 톰과 같은 아이가 되어야지.'

그러나 나는 톰과 같은 아이가 아니라 마크 트웨인과 같은 작가가 되었다. 항상 톰처럼 꿋꿋하게 어려움을 이겨내는 주인공을 만들어내 이 땅의 어린이들에게 고난과 역경을 이겨낼 용기를 주려 애쓰고 있다. 마크 트웨인은 어른이 된 나의 롤모델이고 톰은 어린 시절 나의 롤모델이다.

인간은 누구나 주어진 환경에서 최선을 다해 노력하고 즐겁게 살아야 할 의무가 있음을 어린 시절 나는 톰을 통해서 배웠다. 여전히 톰은 우리들 곁에 친구로 남아 살아갈 용기를 주고 있다.

독서는
나의 힘

 나는 일 년에 300번 넘게 강연을 다니는 사람이다. 작가와의 만남 강연을 마치면 사람들은 나에게 질문 세례를 퍼붓는다.

"휠체어를 타는 1급 지체장애인이 어떻게 작가가 되셨나요?"

"어떻게 강연을 다니게 되셨나요?"

"결혼을 해서 행복하게 사시는 비결은 뭔가요?"

그러면 나는 대답한다. 나에게는 훌륭한 멘토들이 많았다고. 그 멘토들이 누구인지 궁금해할 때면 나는 가져간 책 아무거나 번쩍 들어 올린다. 바로 책이 나의 멘토이기 때문이다.

어린 시절 나는 책벌레였다. 책을 읽고 또 읽으며 책에서 모든 삶의 흥미와 재미를 느꼈다. 지금 생각해보면 이것이 오늘날의 나를 만든 원동력이다. 독서가 내 마음의 양식이며 또한 내 성공의 열쇠다.

하지만 나도 인간인데 어찌 살면서 힘들고 어려운 일이 없었겠는가. 그럴 때면 나는 어김없이 책을 펼쳐 든다. 책 속 세계는 나보다 더 힘들고 어려운 주인공들이 너무나 많다. 그 세계를 유영하다 보면 부모님의 사랑을 받고 아내와 가족이 있고, 친구가 있는데 무엇이 어렵고 두려우랴 싶다. 나는 정말 행복한 사람이다. 어쩔 수 없이 휠체어를 타는 것 정도는 아무것도 아니라는 생각이 든다.

또한 외롭고 슬플 때는 로빈슨 크루소를 생각한다. 로빈슨은 무인도에서 혼자 삶을 영위했다. 절대 포기한 적이 없다. 스스로 모든 문제를 해결했다. 그러면서 희망을 버리지 않았다. 정말 멋지지 않은가. 나는 그런 로빈슨을 부러워했다. 본받고 싶었다. 그러니 장애가 있다고 혼자 체육 수업 시간에 교실에 남겨져도 전혀 슬프지 않았다. 남아 있는 한 시간 동안 책을 읽을 수도 있고, 공부를 할 수도 있으며, 무언가를 통해 나를 계발할 수 있었다.

간혹 사람들이 불쌍하고 안됐다는 동정의 시선으로 나를 바라볼 때면 나는 권정생 선생의 『몽실 언니』를 생각한다. 몽실은 어머니와 둘이 사는 외로운 아이. 어느 날 엄마가 부잣집으로 시집을 가는데 그곳에서 새로 태어난 남동생을 업어 기르는 식모로 살게 된다. 부부싸움 끝에 새 아빠가 엄마를 밀칠 때 엄마가 몽실이를 깔고 쓰러지는 바람에 그만 다리가 부러진다. 그로 인해 몽실이는 지체장애인이 된다.

하지만 몽실이는 남을 원망하지 않는다. 그저 자신의 숙명으로 받아들이고, 주위 사람들에게 사랑을 베풀려고 애쓴다. 자신의 힘으로 이 거친 세상을 헤쳐나가며 여전히 동생들과 아이들, 남편의 지지대가 되어 세상을 살고 있다. 전쟁으로 황폐해진 세상을 이겨내며 아픔을 견딘다. 어떤 고통과 어려움도 몽실이를 무너뜨리지 못한다.

이 수많은 책이 나에게 늘 용기를 준다. 내가 겪는 어려움과 고난은 결국 이들에 비하면 아무것도 아니라는 위안이 된다.

요즘 세상에는 아프고 힘든 사람들이 너무나 많다. 그들은 그러한 아픔과 고통에서 벗어나려 애를 쓴다. 그러다 지레 무기력해져서 포기한다. 그러나 삶의 고통은 결코 벗어나거나 잊히는 것이 아니다. 그저 이겨내야 하는 것이다. 이겨내는 용기를 우리는 누구나 갖고 태어났다. 다만 그 용기를 써먹지 못할 뿐이다.

내가 내 안에 있는 용기를 밖으로 끄집어낼 수 있었던 것은 바로 독서의 힘이다. 오늘 그대들의 삶이 힘들고 꽉꽉하다면 당장 책을 펼치자. 책 속의 수많은 주인공은 결코 포기하지 않고 자신의 꿈과 희망을 위해 노력한다. 그들의 모습을 보고 배우자. 그들이 했다면 나도 할 수 있다. 한 번뿐인 인생이다. 부지런히 배우고 익혀서 남에게 베풀며 살다 가기에도 짧지 않은가. 우리는 밝은 쪽으로 나의 삶의 방향을 돌릴 수 있는 능력이 있다. 그것은 내가 오늘부터 선택하고 실천하면 이루어지는 것이다. 이 역시도 책에 있는 수많은 주인공이 나에게 가르쳐준 결론이다.

독서는 나의 힘이다. 늘 힘써 하지 않을 수 없다.

그와 나는 무엇이 다른가?
- 글을 쓰는 이유

"두마안강~ 푸우른 물에~."

저만치에서 처량하지만 요란한 음악이 흘러왔다. 음악 소리가 점점 커지며 그 음악을 튼 주인공이 모습을 드러냈다. 바퀴 달린 작은 널빤지에 앉은 장애인이 장갑 낀 손으로 모란시장 장바닥을 뻘뻘 기었다. 그가 파는 물건은 조악하기 짝이 없는 수세미라든가 바퀴벌레 약품 등이었다.

동창생을 만나 파전에 막걸리 잔을 기울이던 나와 그의 눈이 마주쳤다. 그와 나의 공통점은 둘 다 장애인이라는 것. 그리고 나는 휠체어, 그는 바퀴 달린 널빤지에 각자의 몸을 의탁해 굴러간다는 사실이었다. 말없이 나는 돈을 꺼내 그의 돈 통에 집어넣어 주었다. 그는 굽신거리며 사라졌다. 이를 지켜보던 동창생은 한마디 했다.

"장애인이 장애인에게 적선했구나."

그날은 성남의 한 중학교에서 강연이 있는 날이었다. 부근에 사는 동창생에게 전화를 걸어 강연이 있는 중학교로 오라고 했다. 모처럼 얼굴이나 보고 싶었기 때문이다. 나의 강연을 들은 친구와 나는 함께 학교를 빠져나왔다. 수년 만에 만난 친구는 나의 강연에 대해서 이것저것 느낌을 이야기했다. 우리는 그냥 헤어질 수 없어 먹을거리가 있는 곳을 찾았다. 가는 날이 장날이라 했던가, 성남 모란시장이 때마침 5일장을 펼쳐놓고 있는 것이 아닌가. 우리 둘은 5일장 구경도 할 겸, 차를 세워놓고 장터 깊숙이 들어갔다. 듣던 대로 모란장은 시끌벅적 요란했다. 없는 게 없는 물건들을 사고팔며 사람들로 들끓었다. 우리는 허름한 노점에 앉아 못다 한 이야기를 나누다가 소위 앵벌이를 하는 장애인을 만난 것이다.

그와 나는 다를 바가 없었다. 나도 저렇게 바퀴 달린 널빤지에 엎드려 기어 다니면 바로 구걸하는 장애인이 될 수 있으니까.

그와 나의 차이는 무엇일까? 곰곰이 생각했다. 차이는 단 하나. 나는 어려서부터 책을 읽었다는 사실이다. 밖에 다니지 못하는, 활동이 제한적인 장애아가 책만 펼치면 달나라, 별나라,

아니 우주에도 살 수 있었다. 책을 통한 상상력은 무한한 것이었다. 이 세상 어디에도 가 닿지 못하는 곳이 없었고, 이 세상 누구도 만나지 못할 사람이 없었다. 책으로 배운 세상은 몸을 써서 돌아다니며 익힌 세상과 비교도 할 수 없게 크고 넓었다.

그렇게 학교에 들어가기 전부터 쌓아온 나의 독서력^曆은 지금까지 이어지고 있고 나를 글밭을 파서 먹고사는 작가로 만들었다. 책의 소중함과 책의 효용성을 느끼며 책에 대한 감사한 마음을 이 세상 그 누구보다도 강하게 지니고 있는 나다. 강연을 다니며 학생들에게 책을 읽은 것이 오늘날의 나를 만들었듯, 너희들도 독서를 통해서 자기계발을 하며 어려움을 극복하라고 설파한다.

하지만 현실은 어떠한가? 서점들은 연이어 문을 닫고, 책보다는 한 덩어리의 빵과 초콜릿에 청소년들은 열광한다. 손에 들려 눈을 떼지 못하게 해야 할 책들은 사라지고, 그들의 손에는 현대의 요물인 스마트폰이 들려 있다. 이걸 방관할 수는 없다. 그것은 청소년들을 계도하기 위한 나의 거창한 계몽의식 때문이 아니다. 글을 써서 먹고사는 작가로서의 위기의식 때문도 아니다. 책을 읽고 지식과 정보를 얻을 때 비로소 인간은 인간답기 때문이다. 인간은 머리를 쓰는 동물이지 몸을 쓰는 동물이 결코 아니다.

독서의 중요성을 강조하는 책. 아무리 강조해도 지나치지 않다. 그러나 교시적으로 '책을 읽자'며 책의 효용성을 아무리 이야기한들, 부모님 잔소리와 다를 바가 없다.

　　나는 상상을 해보았다. 이 세상에서 책이 없어지면 어떻게 될까? 이 녀석들이 책을 그리워하려나? 책 찾아 삼만 리를 떠날 것인가? 한 권의 책을 찾아서 목숨까지 내놓을 각오가 되어 있을까? 별별 상상이 꼬리에 꼬리를 물었다.

　　그러고는 청소년들의 청개구리 심보에 착안했다. 읽어라 읽어라 하면 읽지 않는 녀석들, 읽지 마라 하면 읽지 않을까 하는 생각이 들었다. 그리하여 이 세상에 있는 모든 책을 없애버리면 갈증이 난 사슴처럼 책 찾아서 온 세상을 헤맬 것이라는 데에까지 상상이 미쳤다.

　　하지만 책을 어떻게 없앤단 말인가? 이미 전 세계에 퍼져 있는 책. 인간의 힘으로 이 책을 없앨 순 없다. 진시황도 실패한 분서갱유焚書坑儒가 아니던가. 나의 상상은 이윽고 어렸을 때 읽었던 무한한 동심의 세계로 돌아가 우주로 뻗어 나갔다.

　　'그래. 외계인들이 침공해서 온 지구의 책들을 없애는 거야.'

　　아이디어는 좋았다. 하나의 아이디어가 정해지자 상상력은 무한한 날개를 폈다. 설정은 외계인들이 쳐들어와 지구 문명을 마비시키기 위해 문명의 근원인 책을 모두 수거해 없애버린다는 것.

그렇다면 이제 그들의 권위와 폭압에 도전하는 자들이 있어야 한다. 용감한 주인공 상진이와 민지. 책 없이는 살 수 없는 아이들. 어디에건 반드시 이런 아이들이 있지 않던가. 녀석들은 산더미처럼 압수해 쌓아놓은 책의 산에 살그머니 접근하여 그들만의 아성을 만든다. 책 산을 파고 들어가 미로를 만들고, 마치 구프의 피라미드처럼 그 안에 들어앉아 탐닉하며 독서를 한다. 이것이 기본적인 설정이다. 여기에 외계인들이 나타나야 한다. 그들은 이미 자신들 문명의 절정을 맞이하여 더 이상 진화할 수 없는 존재다. 그들과의 갈등이 이어지면서 이야기는 전개된다.

작품을 쓸 때의 기본적인 설정은 만화책보다도 열 배, 백 배, 재미있는 책으로 만들리라는 각오였다. 책을 읽게 만들려면 그 방법밖에 없었다. 아이들에게 책의 효용성에 대해 한마디만 딱딱하게 떠들어도 책장을 바로 덮을 것이기 때문이다. 자기 동일시를 할 수 있게 주인공들은 재미있고 코믹한 설정으로 만들었고, 외계인 역시 그렇게 꾸며냈다. 퇴화하여 문어처럼 변한 모습.

이것은 보편적인 스토리 구조이다. 내 작품은 바로 해외에 번역해서 팔 수 있을 정도여야 한다는 원칙이 있다. 외계인은 전 세계 어린이들이 알고 있고, 책도 알고 있으며, 책의 소중함 역시 알고 있기 때문에 이 이야기는 설득력을 갖는다.

마침내 갈등 끝에 외계인과 지구인의 대타협이 이루어지고, 책은 다시 아이들의 손에 들어간다. 그리고 외계 문명인들도 자신의 고향으로 귀환한다.

이 이야기는 나의 세계관을 반영하고 있다. 인간이 힘으로 어느 동물을 이길 수 있겠는가. 인간의 능력은 참으로 미미한 것이다. 인간의 문명과 인간의 능력, 그리고 인간의 가능성은 오롯이 머릿속에서 나온 지식이고 그 지식은 바로 책에 담겨 있으며 책을 통하여 지식은 대대손손 이어져 내려온 것이 아닌가. 그 단적인 작은 증거가 장애인이지만 작가로 활동하는 현실 속의 나다.

상상을 그림으로 잘 표현한 일러스트의 재미는 더욱더 이 책을 빛나게 해준다. 일러스트레이터는 자기만의 세계로 작품을 해석해야 한다. 스토리 속의 모든 것을 작가가 텍스트로 지정하지 못하기 때문이다. 나는 작품을 쓸 때 일러스트레이터의 공간을 많이 비워둔다. 너무 세세한 묘사를 하지 않고, 그들의 상상에 의해서 그림으로 나의 텍스트를 보완해주기 바라기 때문이다. 그런 점에서 이 책은 완벽한 승리를 거둔 책이다. 그리고 책장을 덮을 때 마지막으로 크게 한번 웃으며 남는 찡한 감동으로 인해 아이들이 다른 책으로 손을 뻗게 만들자는 것. 그것이 나의 전략이고 전술이었다.

결과적으로 나는 성공했다고 자부한다. 이 책을 읽고 한 명의 어린이라도 책의 소중함을 깨달았으면 좋겠다. 책이라는 것이 재미있고, 생각을 깊게 해준다는 사실을 깨달아 손에 들고 있던 게임기나 스마트폰을 내려놓고 책을 펼친다면 나의 의도와 전략은 성공이다. 장애인도 책을 읽어 더 이상 장바닥에서 동정심을 구하지 않게 되는 세상, 그런 세상은 독서를 통해야만 가능하다고 나는 믿는다.

그 책의 제목은 『책이 사라진 날』이다.

원죄보다 더 버거운
장애의 멍에

 오래전 일이다. 대학교에서 강의를 마치고 피곤한 몸으로 집에 들어서니 아내가 울어서 퉁퉁 부은 얼굴로 말했다.

"여보, 나 오늘 죽고 싶었어요."

난데없는 말에 놀란 나는 자초지종을 물었다.

"왜? 무슨 일이야?"

"당신 같은 장애인과 결혼해 사는 게 얼마나 부질없는 짓인지 알았어요."

아내의 말은 장애인인 나와 결혼해 꿋꿋하게 살려고 애썼는데, 그 노력이 얼마나 허황한 것인가를 절감했다는 얘기였다.

친척들에게 무슨 이야기를 들었는지, 장모님이 오셔서 병신 남편과 함께 친척 집에 빨빨대고 돌아다니지 말라고 했다는 것이었다. 겉으로는 반겨도 속으로는 반가워하지 않으니 제발 집에 처박혀 조용히 살라는 것이 처가 친척들의 중론이었고, 그런 의사 전달을 아내에게 했던 것 같았다.

그 말을 듣자 나는 6년 전 결혼식이 생각났다. 처가의 끈질긴 반대를 견뎌내고 나와 결혼한 아내는, 웨딩드레스를 입고 슬픔에 비틀거리는 걸음으로 입장했다. 성당에는 하객이 별로 없었다. 우리 결혼을 끝까지 반대한 처가의 하객은 장인어른의 형제분들과 아내의 형제, 친구들뿐이었다. 그래서 우리는 조촐한 결혼식을 치를 수밖에 없었다.

그래도 행복했다. 우리는 젊었고 나는 이 세상을 열심히 살아낼 용기와 희망이 있었다. 우리 식구들 역시 힘든 결정을 한 아내를 고맙게 여기며 감사하는 마음뿐이었다.

그때 내가 한 결심은 그랬다. 최선을 다해 꿋꿋이 살면 언젠가는 반대했던 아내의 친척들이 나를 인정하고 나에 대한 편견을 거둘 것이니 그렇게 되도록 노력하자 다짐했다. 그래서 결혼 후 나는 당당하게 처가의 대소사에 얼굴을 내밀었고 처가의 어른들도 그런 나를 어색하게나마 받아들이는 눈치였다. 그토록 결혼을 반대했던 장모님도 이내 우리를 인정하고 가까이서 늘

보살펴주셨다. 나 역시도 부끄럼 없는 삶을 산다고 자부했고 장애를 의식하지 않으면서 매일매일 치열하게 적극적으로 살아왔다. 그런 내가 책을 낼 때마다 친척들은 격려 전화도 여러 차례 걸어와 장하다고 칭찬해주었다.

그런데 난데없이 아내의 말을 들으니 망연자실할 수밖에 없었다. 장애에 대한 편견이 이 사회에 뿌리 깊이 팽배해 있음을 다시금 피부로 느낄 수밖에 없었다. 그들 대부분은 성당이나 교회를 나가거나 절에 다니며 성현들에게 사랑과 자비를 실천하는 사람들이었음에도, 실생활에서는 장애를 가진 조카사위가 남부끄럽고 자신의 부근에 얼씬거리지 않기를 바라는 것이었다. 인간으로서 그들을 탓하기보다 그런 마음을 갖게 만든 이 사회의 현실이 내 마음을 어둡게 했다.

장애는 죄가 아니다. 과연 원해서 장애를 얻은 사람이 누가 있을까? 그리고 장애로부터 완전히 자유롭다고 단언할 자, 또 누군가? 그럼에도 아직까지 우리 주변 사람들의 인식은 말 따로, 행동 따로였다.

경제적인 선진은 언제고 이룰 수 있다. 돈만 있으면 되는 것이기 때문이다. 그러나 우리 사회의 정신적인 선진화, 세계화는 아직도 요원하다. 머리와 가슴은 텅 빈 채 겉만 화려한 우리들은 쇼윈도의 마네킹과 다를 바 없는 사람들이다. 마네킹이 아무리 비싼 옷을 입었어도 사람으로 쳐주지는 않는다.

사회에서 냉대받고 집안에서 천대받고 스스로에게 상처 내는 장애인들의 비참한 현실, 원죄보다 더 버거운 이 장애의 명에는 언제나 벗어던질 수 있는 것인지 알 수 없어 가슴 답답하기만 한 하루였다.

나 자신을
사랑하자

 한 학기 내내 강의에 들어오지 않은 학생이 있었다. 학기말이 될 때까지 전부 결석을 한 그 학생의 점수는 당연히 F였다. 학기 마지막 강의를 마치고 교수실로 돌아오는데, 웬 아주머니가 쫓아와 나에게 말을 걸었다.

"제가 아무개 엄맙니다."

출석부를 들춰보니 수업에 한 번도 들어오지 않은 바로 그 학생의 이름이었다.

"어쩐 일이신가요? 이 학생은 계속 결석했는데요?"

"그 학생 땜에 왔습니다. 제발 용서해주십시오."

"무엇을 용서해달란 말씀인가요?"

"제가 아들 녀석이 대학에 들어오자마자 이혼을 했습니다."

"그런데요?"

"남편과 도저히 살 수 없었지만 아들이 대학만 들어가면 보자고 벼르며 참고 살아왔는데 이혼하고 나니까 생각지도 않게 이 녀석이 망가졌어요."

이야기를 들어보니, 부모님이 이혼하는 바람에 충격을 받은 그 학생은 산속에 있는 기도원에 들어가 식음을 전폐하고 기도만 한다는 것이다. 부모님이 재결합하게 해달라고⋯⋯.

"아니, 아빠 엄마가 이혼하는 건 그렇다 칩시다. 그런데 학생이 자기 성적 관리도 하지 못하고, 공부도 하지 않는데 어떻게 점수를 줄 수 있겠습니까?"

나는 냉철하게 이야기했다. 그러자 그 엄마는 울고불고 하며 매달렸다.

"철이 없어서 그렇습니다. 쟤를 제가 인간 만들 수 있게 도와주세요. 교수님, 이번에 만약 점수 안 주시면 쟤는 학교에서 퇴학당합니다. 어쩌면 좋습니까, 교수님!"

나는 어이가 없었다. 부모의 이혼이 자녀에게 상관이 없진 않겠지만, 그렇다고 자기 인생을 망칠 만큼 결정적인 것은 아니다. 어떻게 그렇게 자신을 사랑하지 않고 함부로 내팽개친단 말인가.

예수 그리스도는 이 땅에 와서 33년을 살면서 사랑을 이야기하고 갔다. 그가 짧은 생을 마치면서 처음부터 끝까지 주장한 것은 사랑이다. 이웃에 대한 사랑. 네 이웃을 네 몸과 같이 사랑하라는 등 여러 가지 사랑을 이야기했다. 그러나 진짜 중요한 전제는 네 이웃을 사랑하기 전에 네 자신을 먼저 사랑하라는 것이다. 자기 자신을 사랑하지 않으면서 남을 사랑한다는 것은 불가능하다.

나 역시도 어린 시절과 사춘기를 거치면서 나 자신을 사랑하는 마음을 갖기가 쉽지 않았다. 돌 무렵 소아마비에 걸려 장애인이 된 뒤로 끊임없는 자괴감에 빠져들었다. 왜 나만 남들과 다른가? 왜 나만 장애가 있는가? 왜 나는 걷지도 뛰지도 못하나? 그러한 억울함이 항상 내 가슴속에 응어리져 있었다.

초등학교 5학년 때까지는 울기도 잘했다. 너무 억울했기 때문이다. 나는 잘못한 게 없는 것 같은데 장애인으로서 고통스러운 삶을 살아야 하는 현실을 받아들일 수가 없었다. 장애인의 삶은 정말 팍팍하고 고통스러웠다.

하지만 열두 살 무렵, 나는 울고 괴로워해봐야 소용이 없다는 것을 깨달았다. 그리고 이왕 주어진 삶, 스스로 아끼고 존중하지 않으면 아무도 알아주지 않는다는 것도 알았다. 그때부터 나는 울지 않았다. 그리고 쓸데없는 생각에 시간 낭비할 정도로 어리석지 않게 성장했다. 제법 철이 들고 여문 것이다. 그때부터 나 자신을 소중하게 여겼고, 나를 사랑했다.

그러면서부터 놀라운 변화가 일었다. 내 스스로 좀 더 나은 나를 만들기 위해 노력했다. 그리고 미래를 위해 어떻게 하는 것이 나를 좀 더 사랑하는 것인가를 깊이 생각했다.

그 첫째가 친구였다. 좋은 친구를 많이 사귀는 것, 그것을 나는 어려서부터 체득했다. 왜냐하면 친구들의 도움 없이는 학교 다니는 것이 불가능했기 때문이다. 가방을 들어주는 친구, 나를 업고 계단을 올라가주는 친구, 대신 심부름을 해주거나 물건을 옮겨주는 친구, 자전거에 태워 독서실에 데려다주는 친구……. 하루에도 열 번, 스무 번, 아니 백 번씩 친구들의 도움을 받아야 했다.

나의 모교는 계단이 많은 건물이었다. 얼마 전에도 강연을 하러 모교에 다녀온 적이 있지만 여전히 그곳은 장애인에게 불모의 땅이나 마찬가지였다. 그러한 학교를 다녔다는 것이 지금 돌이켜보면 놀랍다. 수많은 친구의 도움이 있었기에 학교를 무사히 다닐 수 있었고, 그 덕에 지금의 내가 있었다.

그러한 친구들을 잘 관리하는 것이 결국은 나를 사랑하는 길이고, 또 나 자신이 친구들을 사랑하는 길임을 깨달았다. 나를 사랑하는 사람은 친구도 사랑할 수밖에 없다.

그 뒤 나는 공부를 마치고 대학에서 학생들을 가르치게 되었다. 모두 사춘기의 방황을 거쳐 대학교에 들어온 이들이었다. 놀라운 사실은 세월이 흐르고 경쟁이 심해질수록 자기 자신을 사랑하지 않는 학생이 많아진다는 점이었다. 부모님이 이혼했기 때문에 그들에게 보복하기 위해 나 자신을 망치겠다는 아이의 글을 읽은 적도 있다. 앞에서 언급한 이혼 부부의 아들도 크게 다르지 않다.

내가 누구인가? 나는 이 우주의 처음이자 끝이다. 내가 태어났기 때문에 이 우주를 느끼고 깨달을 수 있다. 내가 죽고 나면 이 우주가 무슨 상관이란 말인가. 내가 살아 있을 때 맛있는 음식도 먹고 온갖 영광을 차지하고 누려야 의미가 있지, 죽고 나면 아무 소용이 없다. 나는 그만큼 이 세상에 소중한 존재다. 오죽하면 부처님이 태어나자마자 '천상천하유아독존天上天下唯我獨尊'이라고 이야기했겠는가. 어린아이조차도 스스로 존귀하다고 생각하는 마음이 자기애自己愛다.

인간은 태어나면서부터 절대적으로 고독하고 심약한 존재다. 친구를 위해 대신 죽을 수도 없고, 자기 자신이 죽을 때 누가 따라 죽어주지도 않는다. 철저하게 자기 자신은 자기가 지키고 스스로 사랑해야 한다.

'하늘은 스스로 돕는 자를 돕는다'고 한다. 스스로에게 도움을 주는 것은 나뿐이고, 나를 자유케 하는 것은 내가 깨달은 진리뿐이다. 청소년기는 바로 자기 자신을 아끼고 사랑하는 방법을 배우는 시기다. 때로는 세상에 대한 반항심, 자신이 알고 있는 사실과 실제 현실의 괴리 때문에 고통을 겪기도 한다. 그러한 고통을 이겨내야만 비로소 자신을 사랑할 줄 아는 한 사람의 성인으로 성장한다. 함부로 살고 함부로 자신을 굴리는 사람 치고 남을 위해 봉사하거나 노력하는 것을 본 적이 없다.

지금부터라도 자기 자신을 사랑하는 연습을 해야 한다. 살아 있음이 얼마나 큰 축복인가. 하루하루 감사하며 지내도 시간이 부족하다. 자신을 사랑하는 사람만이 매일매일의 삶에 최선을 다할 수 있다.

쓸모 있는 사람이 되는 방법은
의외로 쉽다

 내가 어렸을 때 우리 부모님은
아주 드물게 함께 외출하셨다. 당시 아버지들은 대개 바깥에 나
가 일을 하지만 어머니들은 집에서 아이를 키우고 살림을 했다.
현모양처라는 말도 그래서 나왔는지 모른다. 엄마들은 집에서
대개 아이들 옷을 빨래하고 밥하고 청소하는 등 살림을 하느라
뼛골이 빠졌다. 변변한 주방 시설이 있는 것도 아니고 수도나
온수가 공급되는 것도 아닌 시절에 어머니들은 어떻게 그리도
억척스럽게 일해서 자식을 키웠는지 모르겠다.

그러다가도 일 년에 한두 번 어머니도 아버지와 함께 외출하
실 일이 생기곤 했는데, 아마 부부 동반 회식이나 모임이 있는

것 같았다. 어머니는 변변한 옷이 없다고 하면서도 모처럼의 외출에 밝은 표정으로 아버지와 함께 집을 나섰다. 그러면 남아 있는 동생들과 집을 지키는 것은 장남인 나의 몫이었다. 부모님이 황급히 나가서 집 안은 대개 정리 정돈이 돼 있지 않은 경우가 많았다. 그러면 나는 동생들을 부추기며 설득했다.

"얘들아, 엄마 아빠 돌아오시면 기분 좋게 집을 싹 치우고 정리하자."

부모님 기분이 좋으면 결국 그 기분이 고스란히 우리에게 전달되는 것을 알기에 동생들은 내 뜻에 동조해준다. 나는 동생들에게 역할을 분담해줬다. 물건을 정리하고 비질을 하고 걸레질을 하고 쓸고 닦다 보면 작은 집이지만 한참 부산해진다. 그리고 부모님이 돌아오셔서 주무셔야 할 안방에는 미리 이불도 깔아놓고 베개도 가지런히 놓아둔다. 심지어는 화장품 중에서 향수를 골라 방 안에 은은한 향기까지 돌도록 뿌려놓는다.

밤늦은 시간 약주를 걸친 어머니와 아버지가 귀가를 하셨다. 오랜만에 바깥바람을 쐬고 와서인지 어머니도 기분이 풀려 있고 아버지는 약주가 거나해서인지 목소리가 커져 있다. 집에 들어왔는데 아이들이 집을 깨끗이 정돈해놓고 안방에 이불까지 펴놓은 것을 보면 부모님은 백발백중 기뻐하셨다. 우리 아이들은 정말 쓸모가 있는 아이들이라고 칭찬하셨다. '쓸모'라는 말이 뭔지 그때 처음 알아들었다. 쓸모 있는 사람이 된다는 것은 뭔가 자신의 일을 스스로 찾아서 한다는 의미일 것이다.

우리 장인어른은 선비같이 점잖고 조용하며 누구에게도 자신의 의견을 강요하는 법이 없는 분이었다. 이렇게 말이 없는 분이어도 가끔 화가 나거나 누구에게 실망했을 때 유일하게 하는 욕이 있다.

"에이, 아무짝에도 쓸모없는 놈."

점잖은 표현이었지만 가만히 생각해보면 정말 무서운 욕이다. 성경에 이 땅에 있는 풀 한 포기도 다 의미 있고 소중하게 만든 것이라는 구절이 있다. 의미를 찾자면 세상 만물 중에 소중하지 않은 것이 어디 있겠으며 쓰임새를 찾자면 소중하지 않은 것이 어디 있겠는가. 농부 철학자인 윤구병 씨는 "잡초를 잡초라고 부르지 말라"고 했다. 아직 우리가 용도를 찾아내지 못한 풀일 뿐이라는 것이다. 그렇게 따지면 곡식을 제외한 나머지 풀들을 잡초라고 부르는 우리의 생각이 얼마나 오만한 것인가?

이 세상 만물은 다 쓸모가 있는 것들이다. 자존감은 나 자신이 의미가 있고 쓸모가 있음을 확인하는 데서 생기는 느낌에 다름 아니다. 가끔 자존감 없는 사람들이 주위에 피해를 끼치는 것을 보게 된다. 별것도 아닌 일로 스스로 상처를 후벼파서 생기는 문제일 때가 많다.

'내가 하는 일이 다 그렇지 뭐.'

'나 같은 사람은 재수 없는 놈이야.'

'암만 열심히 공부해도 성적이 오를 리가 없지.'

조금 시도해보고 결과가 좋지 않을 때 자존감이 약한 대부분의 사람들은 자신의 상처를 후벼판다. 얻는 것도 없는데, 꼭 그렇게 자신을 자학하고 비난해야 속이 풀리는지는 알 수 없다.

자존감은 꼭 돈을 벌거나 성적을 올리고 우수한 실적을 올려야만 얻는 것은 아니다. 그래서 자기계발 분야 전문가들이 아이를 키울 때 작은 일에도 칭찬을 아끼지 말라고 한 것 같다. 칭찬을 통해 아이들은 고무되며 자존감도 높아지기 때문이다. 특히 어린 아이의 자존감을 높이는 역할을 엄마들이 해줘야 한다. 밖에서 상처입고 온 아이를 다정하게 보듬어주고 최고라고 북돋워 줘야 한다. 그렇게 하면 정말 별로 쓸모가 없던 존재도 쓸모 있는 존재로 바뀐다. 대단한 일이 아니어도, 사소한 일을 통해 사람들은 얼마든지 자존감을 회복하고 쓸모 있는 삶을 살 수 있다.

나는 집에 드나들 때 복도나 엘리베이터 부근에 떨어진 휴지나 쓰레기가 있으면 꼭 주워서 쓰레기통에 버린다. 아무도 하지 않는 행동을 나도 모르게 한다. 한번은 내가 길에 버려진 담배와 휴지를 주워 쓰레기통에 버리는 것을 본 아들이 물었다.

"아빠, 청소 아주머니가 하실 텐데 왜 치우세요?"

"쓸모 있는 사람이 되려고 그래."

"쓸모요?"

"응. 물론 청소 아주머니가 와서 치우겠지만 이렇게 휴지를 줍고 쓰레기를 치우면 내가 쓸모 있는 사람이 된 거 같잖아."

아들은 고개를 갸우뚱했다.

"꼭 돈을 벌어오거나 나라를 구해야만 쓸모 있는 것이 아니야. 지나다가 광고판이 쓰러져 있으면 세워놓고 돌멩이가 굴러다니면 집어서 길가로 치우고 아이가 넘어지면 일으켜주는 것, 그게 나 자신이 쓸모 있는 사람이라는 것을 확인하는 방법이란다. 이렇게 하면 우리 아파트 단지도 깨끗해지고 좋잖니?"

"아, 네."

아들은 고개를 끄덕였다.

"이런 작은 일도 쌓이고 쌓이면 나는 훌륭한 사람이고 쓸모 있는 사람이라는 자존감을 만들어주지."

며칠 지나서 아들도 길가에서 누군가 버린 담뱃갑을 집어 들고 왔다. 그러고는 쓰레기통에 버리는 것이었다. 하지만 나는 아들에게 말하지 않았다. 그러한 쓸모 있는 행위를 하다 보면 그것을 지켜보는 누군가가 꼭 있다는 것을. 이 세상에는 사소한 일에 최선을 다하고, 자신뿐만 아니라 이웃과 주변을 배려하며 휴지를 줍거나 자기가 사는 공간을 깨끗이 유지하며 청소하는 성실한 자세를 가진 젊은이를 찾는 눈이 항상 있다. 더 크게 쓰일 수 있는 기회가 우리 주변에 널려 있는 것이다. 스스로 쓸모 없는 사람이 되지 않아야 한다. 쓸모 있게 되는 방법은 무척 쉽다. 주변에 널려 있으니까.

우리는 고향의 힘으로
살아간다

"여기는 왜 이렇게 안 변했어요?"

"풍치지구잖아요."

"예? 풍치지구요?"

"그래서 기왓장 하나 손 못 대고 이렇게 살고 있다우."

지금은 쌀집으로 변한 고향집에 가서 인사하니 주인은 우리 아버지의 이름을 알고 있었다. 집문서에 전 전 주인으로 기록돼 있다는 것이다. 집은 군데군데 손을 봐 형태가 변했지만 어린 시절 기억하는 모습을 제법 간직하고 있었다.

오랜만에 찾아가 본 나의 고향 동네는 30년 전 모습 그대로 였다. 낡아빠진 한옥들은 지붕 위에 비닐 커버를 씌워 새는 빗

물을 간신히 막았고, 어려서 내가 낙서하면서 놀던 빨간 벽돌담도 그대로였다. 도심에 가까운 서울 마포구 대흥동 81번지는 변함없는 옛 모습 그대로 무덤덤한 얼굴로 나를 반겨주었다.

어려서 뛰어놀던 공터, 그토록 넓고 커서 널마당이라 불린 곳은 이제 보니 도시계획선이 지나간 조금 넓은 도로일 뿐이었다. 남북으로 뻗은 그 널마당을 중심으로 동쪽으론 신축이 허가됐는지 다세대와 빌라가 들어서 있고, 서쪽의 나지막한 한옥들은 풍뎅이처럼 세월을 삭히고 있었다.

제주도가 고향인 부모님이 서울에 올라와 자리를 잡은 곳이 도심을 벗어난 새로 생긴 동네라는 의미의 신촌新村하고도 크게 흥한다는 의미를 가진 대흥동大興洞이었다. 초등학교 시절을 그 동네에서 보낸 나는 고향이라고 부를 만한 곳이 거기밖에 없다. 흔히 서울 아닌 시골이 진정한 고향이라고 말들을 하지만, 1960, 70년대 이후 많은 사람이 서울에서 성장한 이상 어린 시절 살던 동네가 고향이 될 수밖에 없다.

유년의 기억을 돌이키면 나도 모르게 자연히 널마당의 추억으로 돌아간다. 당시 급격한 산업화를 이루던 우리 사회에서는 너나 할 것 없이 농촌을 떠나 서울로 무작정 상경하는 것이 사회현상 중 하나였다. 토박이들이 사는 동네, 혹은 생활편의시설이 갖춰진 동네인 사대문 안을 문 안이라 부를 때, 영등포나 청량리처럼 신촌은 하나의 부도심 역할을 하고 있었다. 간혹 집을 수리하는 데 필요한 물건이 있으면 아버지는 문 안에 가서 사와 야겠다고 하셨다.

집집마다 시골에서 올라온 사람들이 세를 살았고, 방 두 개짜 리 열다섯 평 한옥에 살던 우리도 안방에서 모든 식구가 살면서 건넌방을 세 주었다. 건넌방에 세 살던 아이들이 우리 또래였는 데, 함께 놀다 싸울 때마다 그 아이의 엄마가 서러워하던 것이 어렴풋이 기억난다. 그들도 나중에는 집을 사서 좀 더 윗동네로 이사를 갔다.

학교만 다녀오면 그 널마당에는 아이들이 쏟아져 나와 발악 을 하듯이 뛰어놀았다. 구슬치기, 땅따먹기, 기마전, 공차기, 폭 음탄 터뜨리기…….

널마당에는 뽑기 장수 아저씨 둘이 경쟁적으로 영업을 했다. 그들은 아이들의 코 묻은 돈을 알겨내기 위해 설탕에 소다를 부 어서 열심히 뽑기를 만들었고, 아이들은 모자나 십자가 형태를 잘 뽑아내면 또 하나 공짜로 먹는다는 재미로 5원, 10원을 들고 나가 써버리곤 했다.

간혹 여름에 가뭄이 들면 구청에서 나온 살수차가 탱크 가득 물을 담아 올라온다. 그러면 온 집 안의 양동이며 그릇을 들고 나가 물을 담아 퍼 날라야 했다. 동네에 있는 공동 우물에서 퍼

온 물은 허드렛물로 쓰고 구청에서 보내준 물은 식수로 마셨던 기억이 난다.

어스름 저녁이 되면 가끔 손수레를 개조해 허니문 카를 만들어 아저씨가 끌고 온다. 아이들에게 돈을 10원씩 받고 거기에 태워준다. 기껏해야 2미터 정도 되는 높이까지 올라갔다 내려오지만 그 위에서 내려다보는 온 동네 풍경은 정말 새로운 것이었다. 이탈리아, 프랑스, 미국……. 허니문 카에는 나라 이름들이 들어 있었다. 지금은 거의 다 가본 나라지만, 오히려 어린 시절 그 허니문 카의 추억이 더 그리운 것은 왜일까.

어린 시절을 배경으로 한 동화 작품을 하나 구상해서 출판사에 넘기면 그림작가와 함께 그 동네를 방문하곤 한다. 내가 살았던 동네를 보여줘야 작가가 분위기를 이해하기 때문이다. 대부분 미술을 전공한 작가들은 우리 동네에 와보면 숨겨놓은 보물이라도 발견한 것처럼 기뻐한다. 서울 시내에 아직 이런 동네가 남아 있느냐며 경탄을 금치 못한다. 차로 들어갈 수 없는 작은 골목과 현대식 빌딩이 한 장소에 어우러져 있기 때문에 서울의 역사를 한눈에 보는 것만 같다.

"이 집 혹시 다시 사실려우?"

주인아저씨가 지나가는 말처럼 물었지만 나는 고개를 저었다. 고향은 추억으로써 의미가 있는 것이지, 소유하는 재화로써

의 의미는 없기 때문이다. 풍치지구가 돼 집주인은 불만이라고 하지만 내 개인적인 마음으로는 오래도록 해제되지 않고 그 모양 그대로 간직되었으면 한다.

오십을 이미 넘은 나이가 되었지만, 여전히 어린 시절의 추억과 그 고향의 힘으로 살고 있는 것 같다. 시대는 변하고 사람도 변하지만 변치 않는 것은 고향이 주는 추억과 고향이 주는 푸근함, 바로 그것이다.

사랑이 기적을
만든다

"어머니를 찾고 싶어요. 저는 어린 시절 보육원에 버려졌답니다."

가끔 텔레비전을 보면 해외에 입양됐던 사람들이 한국에 돌아와 애타게 어머니나 가족을 찾는 걸 보게 된다. 한국말도 잊어버려 현지 언어를 쓰지만 외모나 가족을 그리워하는 심성은 영락없는 한국 사람이다. 그들이 해외에 입양된 이야기도 기구하기 짝이 없다.

그런 프로그램을 보면 나는 자연스럽게 저 자리에 내가 서 있을 수도 있었다는 생각이 든다. 나 역시 자칫하면 해외로 입양되었을지 모르는 아이였기 때문이다.

"새댁, 이런 애는 아무짝에도 쓸모가 없어. 애는 또 낳으면 되니까 얘는 홀트에 줘버려."

한 살 때 소아마비가 걸려 두 다리를 쓸 수 없게 된 나를 본 이웃 주민들이 어머니에게 한 말이다. 위로는 못해줄망정 사랑하는 아이를 외국에 보내고 본인만 잘 살라고 (물론 엄마를 기준으로) 해준 이웃의 권고다.

그러나 우리 어머니는 그 정도로 이기적이지 못했다. 나를 잘 키우겠다고 절규하며 오로지 자식들만을 위해 최선을 다해서 노력하셨다. 나를 업고 학교에 다니셨고 나를 위해서라면 물불을 가리지 않으셨다.

그랬기에 나는 오늘날 이 사회에서 당당하게 일원으로서 살고 있다. 통합교육을 받았고, 능력을 개발하여 작가가 되었으며, 지금은 전국에 강연을 다니고 있다. 작품 활동과 함께 강연을 하고 가정을 꾸려 1남 2녀를 기르고 있다. 그 어느 비장애인보다 더 활기차게, 세상에 선한 영향력을 끼치며 살고 있다.

만일 그때 나를 해외로 입양했다면 나는 어떻게 되었을까? 낯선 외국에서 나의 운명을 탓하며 고통받으며 살았을 것이다. 나의 고향을 그리워하며 나는 누구인지 어디에서 왔는지를 고민하면서 말이다. 가족은 이런 것이다. 가족의 울타리 안에서 보호받을 때 가장 안전하고 행복하다.

네덜란드에 장애인 사업 관련 시찰을 갔던 우리나라의 장애인들은 깜짝 놀랐다고 한다. 그들은 안내하던 현지 가이드가 공원 같은 곳에 입장할 때 무료로 들어가는 것을 보고 물었다고 한다.

"아니 너는 왜 무료로 들어가니?"

"우리 오빠가 장애인이에요."

"오빠가 장애인인데 네가 왜 무료로 들어가? 오빠도 없는데……."

오히려 그 안내인은 되물었다고 한다.

"아니, 오빠가 장애인이니까 당연히 나는 할인을 받아아죠."

나중에 알고 보니 네덜란드에서는 장애인이 가정에서 보호받지 못하고 사회로 나오게 되면 그 비용이나 위험성이 수십 배 증가한다는 것을 알고 가정 안에서 장애인을 보호하는 집은 엄청난 지원을 해준다고 했다. 가족들에게 대학 등록금이라든가 각종 혜택의 지원이 쏟아지고, 장애인 하나를 기름으로써 그들이 당당한 자부심을 갖도록 배려한다는 것이다. 우리가 사회의 부담을 줄여준다는 자부심이다.

가정은 이런 것이다. 그러나 우리의 현실은 어떠한가. 이 땅에서 태어나 이곳에 입양되어 새로운 가족의 품 안에서 행복하게 자라야 할 우리의 새싹들이 지금도 해외로 등 떠밀려 나가고 있다. 이 얼마나 부끄러운 일인가. 그러면서 어찌 우리가 행복을 논하고 경제적인 풍요를 논한단 말인가. 아직도 우리는 정신적으로 풍요하지 못함이 분명하다. 외로운 아이 하나 품어주질 못해서 외국으로 보내는 우리 사회의 현실. 어렸을 때 해외로 입양시키라던 주위의 쌀쌀한 인심이 내 등골을 오싹하게 만든다. 게다가 우리나라는 출산률이 떨어지면서 인구가 줄어들고 있지 않은가. 그들을 끌어안고 사랑으로 키우는 것. 그런 사랑이 기적을 만든다. 그것은 우리 사회를 좀 더 건강하고 행복하고 안전한 곳으로 만든다. 스티브 잡스 역시 미혼모의 아들로 태어나 양부 밑에서 성장한 사람이 아니던가.

장애가 있지만 어머니와 아버지의 보호 아래 정상적으로 자라온 나. 그러한 행복을 이 땅의 모든 아이들이 맛볼 수 있으면 좋겠다.

2

행복한 너희에게

_너를 사랑해!

사람은 경험으로 성장한다
어른의 일이라고 못할 것은 없다.
요리할 때 옆에서 파라도 다듬고,
청소할 때 어떤 것이라도 역할을 해야 한다.
스스로 하는 경험은
자존감과 독립심이 강한 어른으로 성장하게 하는 지름길이다.

장애인 아빠의
눈물

 "아빠, 아빠는 왜 못 걸어?"

화장실에서 나와 거실로 기어가는 나를 보고 세 살짜리 딸이 고개를 갸웃거리며 물었다. 순간 나는 가슴이 덜컥 했다. 드디어 올 게 온 거다.

"응, 아빠는 어려서 소아마비에 걸려서 걷지를 못해."

침착하고 다정하게 설명하면서 나는 세 살짜리 막내딸이 전혀 내 말을 이해하지 못한다는 것을 알 수 있었다.

"아빠, 안 어려워."

"뭐가?"

"이렇게, 이렇게 하면 걸을 수 있어."

막내딸은 자신의 고사리 같은 오른발과 왼발을 번갈아 들었다 놨다 하며 나에게 걸음마를 가르치려 했다. 가슴이 울컥했다.

막내딸은 인지가 발달하면서 내가 왜 못 걷는지가 궁금한 것이다. 자기가 볼 때 이 세상에서 가장 쉽고 가장 자연스러운 것이 걷는 건데 그걸 못하는 아빠가 전혀 이해가 되지 않았으리라. 위로 두 아이는 그런 질문을 당돌하게 하지 않고 스스로 이해하거나 체념한 듯한데 막내는 남달랐다.

"아빠는 다리에 힘이 없어서 걷지를 못해. 이거 봐, 아빠 다리 가늘잖아."

어떻게든 이성적으로 평정을 잃지 않으며 설명하려고 다리를 보여줘도 딸은 막무가내였다.

"아빠, 잘할 수 있어. 아빠, 자 일어나. 일어나 봐. 이렇게, 이렇게."

딸은 나처럼 방바닥에 엎드렸다가 다리에 힘을 주면서 벌떡 일어나는 걸 보여주었다.

"아냐, 아빠는 못해. 아빠는 힘들어."

그러자 다가와 앙증맞은 손으로 탈모가 시작된 내 머리를 쓰다듬으며 칭찬을 한다.

"아빠는 잘하잖아. 아빠잖아. 아이 잘한다. 아이 잘한다. 힘을 줘. 힘을 주라고."

딸은 나를 칭찬하며 일어나보라고 격려했다. 죽고 싶었다. 울컥 눈물이 쏟아지는 걸 참았다. 무엇을 하든 칭찬해주면서 키웠더니 칭찬만 하면 뭐든 되는 줄 알고 있다. 아빠 가슴이 찢어지는 건 모르고.

"아빠는 못해. 아빠 대신 우리 딸이 많이 걸어 다녀."

눈물이 떨어지려는 것을 참으며 막내딸과의 대화를 이어나갔다. 그러자 눈물을 참으며 지켜보던 아내가 재빨리 다가와 구원의 손길을 내밀었다.

"어머, 우리 막내야. 저기 봐. 저기 예쁜 꽃이 피어 있네!"

엄마의 손가락을 따라 고개를 돌리는 순간 딸은 나에게 걷는 걸 가르쳐주려 했다는 사실조차 잊어버렸다.

까마득히 오래전 일을 돌이키며 책상 앞에 앉아 나는 다시금 가슴이 먹먹해서 천장을 올려다보았다. 결혼할 때만 해도 사람들은 하반신을 못 쓰는 내가 과연 자녀를 낳을 수나 있을까 의구심을 가졌다. 나와 아내는 보란 듯이 귀여운 자녀 셋을 낳았다. 아들과 두 딸. 아이들은 무럭무럭 잘 자랐고 누구보다도 착했으며, 아빠가 장애를 갖고 있어서인지 남에 대한 배려심이나 공감 능력이 뛰어났다. 위의 두 아이는 아무 문제 없었는데 이렇게 막내딸에게서 제동이 걸렸다.

나도 모르게 허공을 보며 딸에게 못다 한 말을 마음속으로 해본다.

걷지 못하는 아빠를 이해할 수 없는 딸아, 아빠는 아무리 네가 칭찬을 해주고 아무리 해보라고 해도 걸을 수 없는 사람이란다. 너도 크면서 알겠지만 이 세상에는 아빠가 걷지 못하는 것처럼 개인이 할 수 없는 일이 엄청나게 많단다. 어쩌면 우리가 할 수 있는 일은 아주 조금뿐일지도 몰라. 그것도 결코 녹록지 않은 것들로. 그래서 그 작은 일을 하나라도 해낼 때 우리는 칭찬을 하고 격려를 하는 거겠지.

하지만 귀여운 막내딸아, 칭찬을 한다고 모든 것을 해낼 수 있는 것은 아니야. 이 세상엔 불가능한 일도 많단다. 나폴레옹이 자신의 사전에 불가능이 없다고 한 것은 자신이 할 수 있는 범위 안에서 불가능이 없다는 거야. 그건 다시 말해 최선을 다하면 능력을 발휘해서 어려워 보이는 일도 해낸다는 것이지.

아빠는 칭찬이나 의학이나 기적이나 그 무엇으로도 돌이킬 수 없는 강을 건너간 장애인이야. 하지만 사랑하는 막내딸아, 아빠는 그래도 글을 쓰는 작가이고 전국에 강연을 다니며 사람들에게 감동을 주지 않니. 그리고 책도 우리나라에서 제일 많이 출간했고, 세상에 선한 영향력을 주며 살고 있지 않니. 사람들이 나의 책을 읽고, 나를 강연에 불러주고 나를 존경한다고 말해주는 것, 이것은 칭찬이면서 내가 겪을 수 있는 최고의 기적이란다.

비록 벌떡 일어나서 걷지 못해 사랑하는 너의 칭찬을 받지는 못했지만 소중한 딸아. 말하지 않아도 가족은 그 존재 자체가 칭찬 아니겠니. 1급 장애인 아빠에게 너희 엄마는 가장 자랑스러운 칭찬이고, 1남 2녀의 자녀는 가장 훌륭한 칭찬이며 가슴에서 빛나는 훈장이란다. 내 곁에 있어주는 것만으로도 소중한 사람. 그들이 칭찬 바로 그 자체지.

아빠는 그래서 오늘도 용기를 내서 글을 쓰고 장애인이 차별을 받지 않는 세상을 만들려고 열심히 뛰고 있단다.

이제는 다 커서 비행기 조종사의 꿈을 이루기 위해 노력하는 막내딸아, 제일 먼저 네가 조종하는 비행기에 나를 태워주겠다는 너. 정말 고맙다. 몸으로는 너와 같이 못해도 마음으로는 평생 함께 걸을 거란다. 이 약속이 네게 칭찬이 되면 좋겠구나.

화장실을 마음대로 갈 수 있는
너희는 행복하다

  멀리 여수에 강연을 가게 되었
다. 아침 첫 비행기를 타고 김포공항에서 출발하는 여정이었다.
비행기는 빠르기 때문에 기내에 앉아 있는 시간은 길지 않다.
하지만 공교롭게도 새벽부터 안개가 짙게 끼어 있더니 비행기
에 올라서도 한 시간 가까이 비행기가 뜨질 못했다.

마침내 이륙할 무렵 나는 소변을 보고 싶다는 생각이 들었다.
방광이 점점 부풀었다. 한 시간만 버티면 여수 공항에 내려 화
장실에 갈 수 있지만 아침에 마셨던 음료수가 점점 방광을 압박
했다. 도저히 견딜 수가 없었다. 그러나 내가 벌떡 일어나 달려
가서 기내 화장실을 이용하는 것은 불가능하다. 이미 휠체어는

치워졌고, 안전벨트로 내 몸은 꽉 고정되어 있었다.

나는 할 수 없이 앞에 꽂혀 있는 멀미용 구토 봉지를 꺼냈다. 구토 봉지는 안에 코팅이 되어 있어 비상시에 멀미하는 사람이 그 안에 토할 수 있도록 준비해놓은 것이다. 나는 그 봉투 두 개를 겹쳐 소변을 보았다.

그런데 큰일이 났다. 소변이 줄줄 새기 시작한 것이다. 나는 서둘러 신문지를 꺼내 봉투를 감쌌지만, 이내 두껍게 받친 신문지까지 흠뻑 젖었다. 지나가는 여승무원에게 할 수 없이 말했다.

"제가 급해서 소변을 여기에 봤는데, 이것 좀 치워주세요."

예쁘게 화장하고 아리따운 유니폼을 입은 승무원은 두말 않고 신문지와 소변을 담은 봉투를 받아서 치웠다. 나는 얼굴이 화끈거렸다. 가장 은밀하고 부끄러운 일을 남에게 부탁해야 했다. 내가 장애인만 아니었더라도 이러한 부끄러운 일을 부탁하지는 않았을 텐데…….

화장실을 아무 때나 원하는 시간에 갈 수 있고, 남의 도움을 받지 않고 이용할 수 있는 사람들은 정말 전생에 나라를 구한 것이다. 나는 이렇게 생리적인 욕구로 인해 큰 곤경을 치른 적이 한두 번이 아니다.

어떤 사람들은 요즘 너무 힘들고 불행해서 자살하고 싶다고도 한다. 폭력을 당했거나 따돌림 등의 이유로 자신의 삶이 희망이 없다고 생각했기에 그러한 무모한 결론을 내린다.

하지만 내 입장에선 그 사람들은 모두 너무 행복한 사람들이다. 화장실을 마음껏 갈 수 있는 것도 엄청난 행복이다. 나 같은 사람은 무슨 죄를 지었기에 화장실도 마음대로 못 가고 비행기 안에서 이러한 소동을 일으켜야만 하는지. 내가 가지고 있는 것, 너무나 평범하고 당연하다 여겼던 것도 남들에게는 당연하지 않을 수 있음을 느낀다면 이 세상에 축복 아닌 것이 없을 것이다.

비행기가 무사히 목적지에 도착한 뒤 나는 폐를 끼친 승무원에게 환한 얼굴로 거듭 감사 인사를 했다.

군대 가고
싶다

교련 수업이 있던 그날은 비가 많이 왔다. 갑자기 교련 과목이 실내 수업으로 바뀌었다. 군복을 입은 교련 교관이 선글라스를 끼고 교실로 들어왔다. 교련복을 입고 온 아이들은 모두 제자리에 앉았다.

"자, 오늘은 비가 와서 실내 수업으로 소총 분해 조립을 실시하겠다."

아이들 몇 명이 무기고에 가서 M1 소총을 들고 왔다. 교련 교관은 소총 분해 조립을 가르쳐주었다. 노리쇠 뭉치라든가 개머리판, 방아틀뭉치, 이런 말들을 난생처음 배웠다.

장애를 가지고 있는 나는 1970년대에 고등학교를 다녔다. 정규 수업에 교련이 있던 시대였다. 수업 있는 날은 학생들이 교련복을 입고 학교에 와야 했다. 교실 전체가 얼룩덜룩한 개구리 같은 교련복으로 가득 찰 때 나 혼자만 검은 교복을 입고 있었다. 얼마나 교련을 해보고 싶었으면 교련복 바지를 하나 사서 집에서 작업복처럼 입기까지 했을까.

평상시 교련 야외 수업에 나는 참여할 수 없었다. 창밖으로 교련 수업 받는 아이들을 지켜보는 나의 심정은 참담했다. 그랬는데 이렇게 비가 왔다고 교련 수업을 실내에서 하니 신날 수밖에. 선생님은 아이들에게 소총 하나씩 주고 방아틀뭉치를 분해하거나 조립하는 시간을 쟀다. 얼마나 손이 빠르냐에 따라서 금방 분해와 조립이 완성되는 거였다. 낡은 소총이지만 총이 주는 그 폭력성은 남학생들의 본능을 충분히 자극하는 거였다.

나에게도 차례가 왔다. 나는 기계 다루는 것을 좋아할 뿐만 아니라 아버지가 군인이어서 총기에 대한 관심도 많았다. 1분 30초 안에 분해와 조립을 마쳐야 했다. 나는 그 누구보다도 빠르게 분해했고 그 누구보다 빠르게 조립했다. 그런 나를 보더니 교련 선생님이 말했다.

"너는 손재주가 참 좋구나."

칭찬 한마디에 나는 씩 웃었다. 비록 교련 실기 점수는 항상 엉망이어서 나의 학과 점수를 깎아 먹었지만 말이다. 그 일이 있은 뒤 나는 교련이 계속 실내 수업이기만을 바랐다. 그러나 그런 일은 없었다. 어차피 군사훈련은 야외에서 하는 것이었기 때문이다.

성인이 된 지금 나는 생각한다. 장애인들이 가장 간절히 원하는 것은 일자리다. 일자리를 주려는 기업이나 회사에서는 장애인이 무슨 일을 할 수 있겠냐는 의심의 눈초리로 바라본다. 그럼 나는 이야기한다. 장애인이 할 수 있는 부분에서는 절대 뒤지지 않는다고. 일하고 싶은 그들의 열망, 그리고 일하면서 느끼는 행복, 그것은 단순히 숙련도나 생산성을 따질 수 없는 열정이기 때문이다. 열정은 때로 능력을 뛰어넘는다.

장애인도 일하면서 경제적인 능력을 가지고 자존감을 살릴 수 있는 세상이 빨리 왔으면 좋겠다.

친구 따라
강남 간다

 저녁에 늦게 집에 들어가보니 서재가 엉망이었다. 여기저기에 종이들이 흩어져 있고, 쓰레기통에도 프린팅하다가 잘못된 파지들이 쑤셔 박혀 있었다. 버린 용지들을 들춰보니 이렇게 쓰여 있었다.

최민지를 학생회장으로, 아자아자!

선거 전단지를 디자인해서 출력한 거였다. 보나마나 막내딸의 소행이 분명했다. 중학교에 다니는 딸을 불러다 물었다.
"이게 뭐니?"

"민지가 이번에 회장에 출마했어요. 제가 선거 참모예요. 전단지 만들어가지고 내일 뿌리려고요."

상황을 보니 한두 장을 인쇄한 게 아니었다. 컬러 프린터로 나름 디자인해놓은 전단지를 수백 장이나 뽑아낸 거였다. 아내가 웃으며 나에게 말했다.

"아니, 쟤가 쓸데없이 친구가 회장 나간다는데 저렇게 나서가지고 난리네."

나는 아내에게 말했다.

"여보, 친구 잘되는 게 얼마나 좋은 건데."

"누가 뭐래? 일하고 나서 뒷정리를 안 해서 그렇지."

"회장에 나가지 않더라도 친구가 회장이 되면 얼마나 신나겠어. 그리고 자기가 도와줘서 친구를 회장 만든 성취감은 어떻고? 우리 딸에게는 아주 훌륭한 경험이야. 잘했다, 잘했어. 필요하면 전단지 더 뽑아."

나는 막내딸의 방에 들어가서 등을 두드려주었다. 나는 우리 딸의 그러한 태도가 남다르다고 생각했다. 대개 자기 아이가 회장에 출마하지 못하고 선거참모나 한다고 하면 부모는 왜 우리 애가 들러리를 서야 하냐고 생각하기 쉽다.

그러나 그것은 잘못된 생각이다. 어떻게 내 아이가 이 세상 모든 일의 주역이 될 수 있단 말인가? 시험을 잘 보는 아이가 선거에는 못 나갈 수도 있고, 선거를 나가는 아이가 시험은 못 볼 수도 있다. 노래를 잘하는 아이가 그림에 소질이 없거나, 운동을 잘하는 아이가 남 앞에서 부끄럼을 탈 수도 있다. 사람에게 주어진 가능성은 무한하지만, 자기에게 맞는 적성과 발휘할 수 있는 핵심 역량은 그리 많지 않다. 정확하게 가장 잘하는 것을 가려 뽑아 지도하고 육성하는 것이 교육이다.

어느 사회인들 문제가 없겠는가. 어느 부모인들 완벽하겠는가. 주어진 환경에서도 스스로 올바른 길을 찾아가고 헤쳐나갈 줄 아는 능력을 가진 것이 인간이다. 나는 어려운 환경 때문에 좌절하고 아무짝에도 쓸모없는 사람이라는 소리를 들으면서 살아야 했을까? 결코 그렇지 않다. 그래서 나는 요즘 청소년들과 부모에게 몇 가지 당부를 하고 싶다.

첫째, 나의 막내딸처럼 친구의 좋은 일에 진정으로 기뻐하는 것이 중요하다. 친구가 얼마나 중요한지를 말해주는 속담은 차고도 넘친다. '친구 따라 강남 간다'란 속담이 대표적이다. 강남에 갈 일이 없는 아이라도, 친구가 있기 때문에 강남에 가서 새로운 문물을 접하고 새로운 경험을 할 수 있다. 그로 인해 운명이 바뀔 수도 있다. 그런 점에서 친구가 잘되어야 나도 잘된다. 주위를 돌아볼 때 친구와 함께 큰일을 해내고, 친구의 격려를 통해 보람 있는 일을 경험하는 경우가 얼마나 많은가 말이다.

친구의 즐거운 일에 동참하고 기뻐할 수 있는 자는 절대 외롭지 않다. 비록 그가 재주가 없고 무능하더라도, 능력 있는 친구를 도우면서 그와 함께 성장할 수 있는 기회가 오기 때문이다. 아이가 친구를 위해 희생하고 친구의 일에 앞장서는 것은 우리 아이가 못나서 그런 것이 아니다. 어쩌면 우리 아이가 더 나은 아이이기 때문에 가능한 일일지도 모른다. 요즘 부모들이 생각을 바꿔야 할 부분이다.

다음으로 아이들은 밝고 명랑해야 한다. 밝고 명랑함은 청춘의 표상이다. 말똥만 굴러가도 깔깔대며 웃는 것은 사춘기 청소년들의 전매특허. 그런데 요즘 아이들은 학업과 시험에 찌들어서인지 얼굴 표정이 어둡다. 명랑함과 쾌활함은 돈 주고 살 수 없는 덕목이다. 그걸 잘 모르는 부모들이 많아 안타깝다.

인도 콜카타의 성인인 마더 테레사는 사랑의 선교회를 만들면서 길거리에 버려진 수많은 행려병자를 데려다 그들이 인간답고 존엄하게 죽을 수 있도록 해주었다. 짐승만도 못하게 죽던 사람들을 불러다 깨끗이 닦아주고 돌봐준다는 것은 성인의 반열에 올라가지 않으면 할 수 있는 일이 아니다.

그러한 마더 테레사 밑에서 그의 수족이 되어 행려병자들을 돌보는 수녀들은 매일 죽어나가는 사람들을 본다. 자칫하면 그들의 슬픔과 고통이 전이될 수도 있다. 그렇게 되면 바로 우울

증에 걸리고 죽음을 생각하게 될지도 모른다.

어느 기자가 마더 테레사에게 물었다. 수녀들을 뽑을 때 가장 중요시하는 요건이 무엇이냐고. 그러자 마더 테레사는 주저 없이 이야기했다.

"저는 명랑하고 쾌활한 수녀를 뽑습니다. 명랑하고 쾌활한 사람이라야 어둡고 우울한 일을 보더라도 스스로 치유하고 이겨냅니다."

마더 테레사의 말에서도 알 수 있듯 명랑하고 쾌활하다는 것은 이 세상에 쏟아져 들어오는 수많은 스트레스와 우울함을 이겨낼 수 있는 힘이다. 아이들에게 용기를 북돋워주고, 환하게 웃을 수 있는 즐거운 일을 많이 만들어주는 사회가 되어야 하는데……. 아무 이유 없이 자녀를 끌어안고 뒹구는 집안 분위기를 만들어야 한다. 비록 사는 것이 힘들고 팍팍해도 내 입으로 그걸 말하는 순간, 인정하는 순간 정말 삶은 어려운 것이 되어버린다.

낙후된 지역에 강연을 간 적이 있다. 나는 강연을 가면 꼭 꿈을 이야기해보라고 한다. 꿈을 이야기하는 순간 아이들은 자신의 꿈을 향해 다가가는 것이기 때문이다. 여기저기서 번쩍번쩍 손을 들어서 한 아이를 지목했다. 그랬더니 경악할 만한 말을 했다.

"저는 커서 사채업자가 될 겁니다."

그 순간 강당에 가득 차 있던 학생들과 교사들, 그리고 나까지 할 말을 잃었다. 한 교사가 급하게 사태를 무마하려고 애를 썼다.

"동네가 열악해서 사채업자를 많이 봐서 그래요."

나중에 들은 이야기지만 그 지역에 사는 대다수의 주민들은 이 사회의 밑바닥으로 떨어진 사람들이라고 했다. 사업을 하다가 실패하거나 신용불량자가 되어 떠돌다 보니 아이들이 자신들에게 와서 괴롭히는 사채업자들을 보게 되고, 그들이 돈을 많이 갖고 다니며 좋은 차를 타고 다니는 것을 보고, 그들을 롤모델로 삼은 것이다. 너무나 슬프고 어이없는 현실이었다.

아이들은 자기가 보고 느낀 대로 생각하고 받아들인다. 만일 그 아이가 열심히 일하고 최선을 다해 노력하는 사람을 봤다면 분명 그러한 사람을 롤모델로 삼았을 것이다. 어른들의 책임이 크다.

지금이라도 늦지 않았다. 아이들에게 좋은 것을 많이 보여줘야 한다. 시간이 나면 책도 읽어주고 새로운 곳에 가서 체험을 하게 해주고, 존경할 만한 사람에게 찾아가 이야기를 듣고 그 사람의 저서를 사서 사인도 받고 악수도 할 수 있는 경험을 하게 해줘야 한다. 청소년의 꿈이 무럭무럭 자라야, 미래의 사회는 건실한 사람들로 가득 찬 세상이 될 수 있다. 어릴 때의 경험이 많이 쌓인 온갖 소중한 추억은, 아주 큰돈을 주고도 살 수 없다.

더하여 얘기하고 싶은 것은 청소년에겐 무엇이든 스스로 해볼 수 있는 기회가 필요하다. 나는 장애 때문에 방과 후 청소 같은 것들은 면제 받았다. 걸레를 들고 바닥을 닦고 비질을 하며 쓰레기를 내다버리는 일을 나는 할 수 없었다.

그렇지만 다른 일은 얼마든지 할 수 있었다. 당시 복도를 닦아서 반질반질 윤을 내는 일은 학급 아이들의 몫이었다. 전부 마룻바닥에 주저앉아 왁스를 칠해 반질반질 빛냈다. 그건 나도 얼마든지 동참할 수 있었다. 선생님은 이번에도 열외시켜 주셨지만, 나는 자진해서 왁스를 사고 걸레를 가져가 아이들과 함께 바닥을 열심히 닦았다. 그때만은 나의 장애가 아무런 문제가 되지 않았다. 아이들과 하나가 되어 그런 일에 동참한다는 사실만으로도 얼마나 좋았는지 모른다. 그 뒤로도 나는 내가 할 수 있는 일이라면 사양하지 않고 적극 참여하려 애를 썼다.

스스로 몸을 움직여 일을 하고 경험해보는 것은 나의 자존감을 올려주는 일이다. 자존감 없고 스스로 뭔가 하려 하지 않는 사람이 어찌 훌륭하고 위대한 일을 하겠는가. 아기들은 태어나면서부터 뭔가를 해보려 애를 쓴다. 그런데 어른들은 그런 아이들이 서툰 손놀림으로 사고를 치거나 뭔가를 망가뜨릴까 봐 제재하기 일쑤다. 그렇게 해놓고 나중에 커서 아이가 아무것도 하려 하지 않는다고 한탄하면 안 된다.

사람은 경험으로 성장한다. 기회가 닿으면 많은 것을 경험하고 직접 해보려고 해야 한다. 어른의 일이라고 못할 것은 없다. 요리할 때 옆에서 파라도 다듬고, 청소할 때 어떤 것이라도 역할을 해야 한다. 텃밭을 가꿀 때에도 풀을 뽑거나 땅을 파는 모든 경험들이 삶을 풍족하게 하고 행복하게 한다고 믿는다. 스스로 하는 경험은 나중에 자존감과 독립심이 강한 어른으로 성장하게 하는 지름길이다.

요즘 스스로 독립하지 못하고 경제적으로 자립하지 못하는 청년이 얼마나 많은가? 그들이 이 땅에서 자신의 두 다리로 서서 역할을 해낸다면, 우리 사회의 경쟁력도 그만큼 커질 것이다. 뭐든 적극적으로 스스로 하는 사회, 이를 위해서는 몸을 써서 움직이고 활동하는 것이 정말 소중한 일임을 깨달아야 한다.

사실 부모의 입장에서 자녀를 보면 마음에 들거나 마땅하게 느껴지는 것이 하나도 없다. 그래서 자꾸 잔소리를 하게 된다. 좋은 이야기조차도 잔소리에 묻히게 되어 안타깝다. 부모의 말을 잘 들으면 분명 시행착오를 줄이고 자신의 갈 길을 가는 데 있어 올바른 지침을 얻는데 말이다.

다음 날 선거에서 딸의 친구는 회장에 당선되지 못했다. 그래도 딸은 환하게 웃으며 근소한 차이로 떨어졌다고 스스로를 진심으로 위안했다. 자신이 열심히 전단지를 뿌리고 활동했기 때문에 그나마 그렇게 되었다고 했다. 그렇게 긍정적으로 생각해주니 얼마나 기특한지 모른다. 분명 우리 딸은 친구 따라 강남을 갈 것 같다. 아니면 친구를 데리고 강남을 가거나.

내 손 안의
마귀

톨스토이의 단편 가운데 마귀들이 자기가 인간 세상을 얼마나 망쳐놓았는지 자랑하는 작품이 있다. 그 마귀들은 세상 곳곳을 다니며 저마다 인간들을 얼마나 홀려놓았다고 떠들어댄다. 그러면 지옥에 있는 마귀 대왕이 잘했다고 칭찬을 한다.

요즘 청소년들은 꼬마 마귀들을 하나씩 갖고 다닌다. 이 마귀는 아주 작고 귀엽게 생겼다. 누구나 갖고 싶어 할 정도다. 얼마나 쓸모가 있는지, 이 마귀를 갖지 않으면 사람들 사이에서 시대에 뒤처진 사람이라는 소리를 듣는다. 이 마귀를 통해서 사람들은 서로 연락을 취하고 정보를 나눈다. 영화도 보고, 음악도 듣고, 이걸 통해서 각종 신기한 일들을 한다. 외국어를 통역할 수도 있고, 이걸로 길을 찾아가기도 한다. 그뿐만 아니라 물건도 사고팔며, 돈을 벌 수도 있다. 그러니 이 물건을 잠시도 손에서 놓을 수가 없다.

다들 알겠지만 이 물건은 바로 현대인의 필수품인 휴대폰이다. 기술의 발달로 이제 휴대폰의 능력은 거의 무한하다. 그런데 문제는 이 휴대폰이 잘못 쓰이는 경우가 많다는 것이다.

잘 아는 청소년 한 명이 얼마 전에 정신병원에 입원했다는 소식을 들었다. 나중에 그 부모를 만나 사연을 들어보니 그 아이는 늘 휴대폰을 손에서 놓지 않았다고 한다. 게임을 하거나 음악에 빠진 것도 아니고, 오로지 문자 메시지 때문이었다. 친한 아이들 사이에서 서로 긴밀하게 주고받는 메시지. 옛날엔 다 유료였는데 요즘은 무료가 되다 보니 무제한으로 쓰게 되었다. 한마디로 그 메시지를 늘 주고받지 않으면 관계가 멀어지고 왕따를 당하는 것이다.

메시지라는 게 뭘까? 그건 다시 말해 용건이다. 쓸모 있는 내용이 있어야 하는 것이다. 용건이 없는 대화는 공허하고, 메시지 없는 영화나 연극, 문학 작품은 보거나 읽고 나면 남는 게 없다. 그런데 요즘 청소년들의 휴대폰 메시지는 그저 주고받는다는 자체가 의미가 있는 게 되었다. 그러니 휴대폰 메시지 없는 삶은 세상과 단절된 삶이라고 생각하는 것이다. 쓸데없는 이모티콘을 날리고, 아무 내용 없는 문자들을 보내면서 자신이 살아있음을 확인하는 건 질병이라고 할 수 있다. 병원에 입원한 그 청소년도, 갑자기 친구들에게서 문자 메시지가 끊기자 자신이 소외된다고 생각했는지 불안증을 느꼈다고 한다. 휴대폰을 손에서 놓을 수 없을 정도로 중독이 된 것이다.

이건 아주 작은 예에 불과하다. 게임, 동영상 등 휴대폰 중독 증상은 그 밖에도 많다. 휴대폰을 문명의 이기만으로 여길 것이 아니라 청소년의 영혼을 파괴할 수도 있다는 경각심을 가져야 한다. 이것을 청소년 스스로 깨닫지 않으면 안 된다. 휴대폰 때문에 돈과 시간을 낭비하고, 관심이 감각적·말초적인 것에만 갖게 된다면 지금 내게 있는 이 휴대폰은 분명 마귀다. 절제라는 족쇄로 이 마귀를 가둬야 한다. 그러고 나서 되찾은 시간에는 독서나 야외 활동, 학습을 한다면 아주 이상적이겠지만 쉽지 않은 일일 것이다. 안타깝게도 건강한 미래를 보장해주는 것들은 왜 이렇게 재미가 없는지. 적어도 내가 갖고 있는 휴대폰으로부터 미래를 건강하게 지켜줄 방법을 모색해보는 스스로의 노력이 필요하다.

정직함으로
얻는 것

 캘리포니아 주 북쪽 해안은 청
정 지역이다. 거대한 태평양과 맞닿은 바다는 보고만 있어도 아
무 생각이 없어지면서 태고의 신비가 스며드는 느낌이다. 이런
바다에도 스킨스쿠버 다이버들이 들어가 해산물도 잡고 아름다
운 풍경도 감상한다. 이곳에 다이빙을 하러 온 한국인 샨은 물
속에 어른 손바닥 두 개만 한 커다란 전복이 지천으로 널려 있
음을 알고 있다. 해병대 출신인 그는 미국으로 이민 온 삶의 고
단함을 이곳 해안에서 다이빙을 하고 전복을 잡는 걸로 풀곤 했
다. 잡은 전복은 가족들과 형제, 자매들에게 하나씩 선물로 전
달했다.

그날도 샨은 아이스박스 한가득 커다란 전복을 잡았다. 모든 채집이나 사냥은 사람들에게 흡족함을 주는 법이다. 원초적 본능이 그렇게 만드는 것 같다. 해 질 무렵, 물가로 나온 샨은 귀갓길에 올라 차를 타고 바닷가를 벗어났다.

그러나 그는 까맣게 몰랐다. 바다를 감시하는 레인저들이 자신을 아까부터 지켜보고 있다는 것을. 그들은 멀리 숲속에서 망원경으로 다이빙하는 사람들의 행동을 관찰하며 기록하고 있었다. 그중에서 그들이 가장 눈여겨보는 것은 전복을 잡는 행위였다. 법적으로 일정량 이상의 전복을 잡는 게 금지되어 있기 때문이다. 모든 게 지나치면 부족함만 못한 법이다. 전복의 남획을 막지 않으면 바다는 인간들 등쌀에 견디지 못하고 순식간에 황폐해진다.

고속도로로 진입할 무렵, 레인저들이 샨의 차를 세웠다. 샨이 갓길로 차를 세우자 레인저가 다가와 물었다.

"스킨스쿠버 마치고 가는 길이십니까? 전복 잡으셨죠? 몇 마리 잡으셨어요?"

샨은 갈등할 수밖에 없었다. 대개 미국 사회에서는 사람들을 믿기 때문에 확실한 증거가 없으면 거짓말을 해도 추궁하지 않는다. 물론 한번 거짓말을 했다가 들통나면 그건 더 큰 문제가 된다. 정직한 성품을 가진 샨은 쉽게 거짓말을 할 수가 없었다.

"좀 많이 잡았소. 아이스박스로 하나."

레인저들은 아이스박스를 열어본 뒤, 수십 마리의 전복이 있는 것을 보고 그 자리에서 그를 체포했다. 법에서 정한 건 한 사람당 한 마리였기 때문이다.

"원래 스킨스쿠버 장비도 다 압수하게 되어 있는데, 당신이 정직하게 말했기 때문에 전복만 몰수하고 재판에 회부될 거요."

샨은 지방법원에서 판사에게 벌금형을 선고받았다.

살다 보면 가끔 우리는 진실과 거짓 사이에서 갈등을 일으키게 된다. 깊이 생각해보면 거짓말을 할 수밖에 없는 상황은 다 자신이 만든 것이었다. 내 안에 있는 욕심이 무리함을 불러일으키고, 그러다 난처한 지경에 처하면 급한 대로 거짓말로 모면하려고 하게 된다.

누구나 완벽히 정직하진 않다. 크고 작은 거짓말을 한 번 정도 해보지 않은 사람은 없을 것이다.

중학교 때 한문 선생님은 아주 후덕한 분이셨다. 연구부장이라 수업을 맡을 일은 없었지만, 가끔 한두 과목을 배정받으셨는데 그 학기에는 우리 반에 들어오셨다. 어느 날 선생님이 숙제를 내셨는데 숙제 안 해온 아이들이 10여 명 가까이 되었다. 한 녀석씩 불러내 왜 숙제를 안 했느냐고 물으셨다. 아이들은 대부분 거짓말로 둘러댔다. 친척집에 갔어요, 제사가 있었어요, 아팠어요, 깜빡 잊고 노트를 안 가져왔어요……. 그때 마지막 순서에 서 있던 녀석은 똑같은 질문에 이렇게 대답했다.

"죄송합니다. 게을러서 못했습니다."

우리들은 그 녀석이 곧 선생님에게 치도곤을 당할 거라고 생각했다. 그런데 선생님은 감동한 얼굴로 말했다.

"이렇게 정직한 대답을 들을 줄은 몰랐다."

그때 내 가슴속에는 잔잔한 감동이 일었다. 당장을 모면하기 위해 거짓말을 하면 순간은 편안할지 모르나 자신을 속였다는 사실만은 영원히 지워지지 않는다. 정직함은 자신에게 떳떳해짐과 같다. 당장은 고통스럽더라도 정직함을 통해 스스로 마음을 비우고 궁극적으로는 나의 있는 그대로를 보여줌으로써 나중엔 오히려 강해지는 것이다.

책 『표해록』을 보면, 최부라는 조선의 선비가 제주도에서 고향으로 돌아가려다 난파해서 중국까지 흘러간 이야기가 나온다.

날이 흐리고 어두컴컴했다. 서쪽으로 잇닿아 겹친 산봉우리가 하늘을 버티고 바다를 둘러쌌는데 살림집이 있는 듯했다. 산 위에 봉수대가 죽 늘어서 있는 모습이 보이니, 기쁘게도 다시 중국 땅에 도착한 것이었다. 배 여섯 척이 우리 배를 빙 둘러쌌다. 정보 등이 신에게 청했다.

"전날 하산에 이르렀을 때 벼슬아치의 위엄을 보이지 않았기 때문에, 해적을 불러들여 죽을 뻔했습니다. 이런 상황에서는 임기응변의 수단을 택해야 할 것입니다. 저들이 보도록 관복과 관모를 갖춰주십시오."

신은 이를 거절했다.

"상복을 벗고 평상복을 입는 것은 효가 아니고, 거짓으로 남을 속이는 것은 신의가 아니다. 차라리 죽음에 이를지언정 효와 신의가 아닌 일은 차마 할 수가 없다. 나는 운명을 받아들이겠다."

안의가 다가와 청했다.

"제가 일단 이 관복을 입어 벼슬아치처럼 보이겠습니다."

그것도 거절했다.

"안 된다. 만약 저들이 우리를 관청으로 데려가 공술서를 받게 한다면 무슨 말로 답변하겠는가? 조금이라도 정직하지 못하면 저들은 반드시 의심할 것이다. 정도를 지키는 것이 최선이야."

최부는 중국이라는 낯선 땅에 흘러갔지만, 자신이 상중喪中이기 때문에 관복을 입어서 위엄을 떨치는 것이 거짓임을 알고 있었다. 할 수 없이 있는 모습 그대로 중국 관원들을 만난 일행은 왜구로 오인을 받기도 했다. 그래서 중국 사람들에게 억울하게 매를 맞기도 하고 죽을 뻔한 걸 간신히 도망쳐 나왔다.

하지만 그는 이토록 자신에게 숨기는 바가 없었기에 중국인들을 만나도 떳떳하고 당당했다. 그의 이런 올곧은 정직함은 중국 사람들도 감탄케 했다. 다른 나라에 표류해 갔으면 대개는 살기 위해 거짓말을 하게 된다. 그러나 최부는 역으로 자기 자신을 속이지 않는 길을 택함으로써 목숨을 건졌다. 그러고는 길고 긴 중국 땅을 에돌아 고국으로 다시 돌아올 수 있었고, 중국 황제에게서 많은 선물도 받아왔다. 그리고 이렇게 글로써 자신의 경험을 남겼으니 정직함의 대가는 훗날 오래도록 기억되었다.

정직은 분명 지키기 힘든 덕목이다. 자신을 지키기 위해 거짓말도 불사하는 것이 인간의 본능이기 때문이다. 하지만 조금만 깊이 생각해보면, 정직함으로써 오히려 선처를 구하고 결과를 더 좋게 만들 수 있다. 앞서의 이야기에서처럼, 샨은 비록 벌금형은 받았지만 수천 달러나 하는 잠수 장비를 건질 수 있었다. 아참, 샨은 바로 우리 아내의 오빠, 나의 하나밖에 없는 큰처

남이다. 그의 정직함의 대가인지는 알 수 없으나 손바닥 두 개 만 한 크기의 커다란 전복을 생전 처음 맛본 것도 그의 덕분이 었다.

학업 성적은 F,
인생 성적은 A

내가 대학을 다니던 20여 년 전만 해도 캠퍼스에 낭만이 남아 있었다. 그래서인지 툭하면 휴강에 축제에, 행사와 시위 등으로 어영부영 시간을 보내는 경우도 많았다.

그에 대한 반사작용인지 나중에 강단에 서게 된 나는 학생들에게 엄한 교수가 되었다. 지각이나 결석을 철저히 체크했고, 리포트도 많이 내주고, 공부도 엄청 많이 시켰다. 학생이라면 최선을 다해 공부해야 하고, 교수는 학생들을 그렇게 지도해야 한다는 게 내 신념이었다.

성적도 혹독할 정도로 박하게 주는 경우가 많았다. F학점이

수두룩했다. 그런 학점을 받는 학생들은 노력하지 않으며, 요행수만 바라는, 나태하고 불성실한 학생이라고 생각했다. 심지어 그런 학생들은 빨리 학사경고를 받고 대학을 떠나는 게 다른 사람을 위하는 길이라고 여기기까지 했다.

학기말이었다. 성적 처리를 다 끝낸 나에게 나이 든 학생이 찾아왔다. 그는 내가 맡은 야간 강좌를 들었는데 언뜻 봐도 나보다도 나이가 많아 보였다.

"선생님, 이번에 선생님 과목 F 맞은 000입니다."

학생은 공손히 인사를 했다. 그렇게 찾아오는 학생은 대부분 자신의 학점을 올려달라고 사정하거나 성적 처리에 이의가 있다고 항의했기에 나는 약간 긴장했다.

그러나 학생의 다음 말은 의외였다.

"제가 직장에 다니는 관계로 선생님 수업에 늘 늦고, 결석도 여러 번 하고, 수업도 제대로 못 따라갔습니다. F학점 맞는 게 당연합니다. 열성적으로 가르쳐주셨는데 거기에 부응하지 못해 정말 죄송합니다. 내년에 다시 신청해서 들을 때는 제대로 공부하겠습니다. 한 학기 동안 감사했습니다."

그 말을 듣는 순간 깨달았다. 학업 성적이 나쁘다고 해서 인격이나 인생의 성적까지 나쁜 것은 결코 아님을 말이다.

지금 지하철을 타고 있는
너희는 행복하다

아마 자신이 지하철을 이용한 횟수를 정확히 기억하는 사람은 거의 없을 것이다. 그러나 나는 생생하게 기억한다. 나는 평생에 지하철을 딱 다섯 번 타봤다. 목발이나 휠체어를 타야만 이동이 가능한 나에게 지하철은 정말이지 난공불락의 요새이다.

요즘 짓는 지하철역에는 엘리베이터가 다 있지만 옛날 역은 장애인이 없던(?) 시절에 지어서인지 편의시설이 전혀 갖춰져 있지 않았다. 우리 사회의 가장 큰 코미디가 뭔지 아는가. 그건 바로 장애인의 지하철 이용료가 무료라는 점이다. 이보다 더한 넌센스가 어디 있을까. 아마도 우리의 지하철은 비싼 엘리베이터나 리프트 대신 지하철 요금을 탕감해주는 것으로 때우려는 것 같다. 이건 마치 외계인에 한해 지하철 이용 시 1억 원을 준다는 것과 마찬가지 논리다.

가끔 사고로 장애인들을 저승으로 보내는 일등공신 역할을 하는 리프트도 문제다. 이것이야말로 전시 행정의 표본이다. 엘리베이터를 설치하려면 몇억 원의 예산이 드니까 차선으로 선택한 것이 이 리프트인데 이게 아주 애물단지다. 수동 휠체어를 타는 사람만 탈 수 있도록 설계된 것이어서 그 안전성에 문제가 있다. 아이러니하게도 수동 휠체어를 타는 대부분의 사람들은 지하철을 이용할 수 없다. 그 긴 동선動線을 팔 힘만으로 이동한다는 건 불가능하기 때문이다. 결국 지하철을 이용하는 사람의 80~90퍼센트는 전동 휠체어를 이용하는 중증 장애인이 될 수밖에 없다. 그들은 지하철을 이용해 서울 시내 어디든 다닐 수 있는 사람들이다. 그런데 현재의 리프트는 전동 휠체어의 무게를 감당할 수 있도록 설계된 것이 아니다. 그러니 사고가 날 수밖에 없다.

그러면 사람들은 말할 것이다. 장애인들이 왜 쓸데없이 나돌아 다니느냐고. 또는 왜 위험하게 타지 말라는 리프트나 지하철을 타려 애쓰느냐고.

그런 생각을 하는 사람은 시각을 바꿔야 한다. 지하철을 비롯

한 사회간접자본의 목적이 무엇인가. 가능한 한 많은 사람이 편안하게 이용하는 것이 그 지향하는 바다. 그렇다면 장애인이 이용하지 않는 지하철이 맞는 걸까, 이용하는 지하철이 맞는 걸까? 마찬가지로 장애인이 지하철역으로 리프트를 타고 내려가다 추락사하면 그건 장애인의 잘못일까, 엘리베이터를 설치하지 않은 철도 당국의 잘못일까?

이런 이유 때문에 지금도 수많은 장애 동지들은 지하철을 타고 싶다고, 고속버스를 타고 싶다고 목에 쇠사슬을 걸고 투쟁에 나서는 것이다. 만원에 시달리는 지하철, 참사가 일어날 수도 있는 지하철, 지옥철로 불리기까지 하는 그 지하철을 타고 어디든 남의 도움 없이 혼자 힘으로 가는 것, 그것이 나같은 장애인들에겐 크나큰 염원이고 갈망이다.

혹 장애인들이 교통수단을 점거하고 운행을 방해해 불편을 끼치더라도 너그러운 마음으로 양해하기를. 그들은 학교에 가고 싶고, 직장에 출퇴근하고 싶고, 사랑하는 사람을 만나 연애를 하고 싶은 것이다. 누구는 쉽게 할 수 있는 것이지만 장애인에게 힘든 일이기 때문이다.

친구에게 업혀서 몇 번 타본 지하철의 아련한 기억은 아직까지 나에게 행복한 추억으로 남아 있다. 누구에게는 지옥철처럼 지긋지긋하게 여겨질지 모르지만 내게는 그렇다.

장애 없이 사랑할 수 있는
너희는 행복하다

남녀에 관한 이야기를 듣고 고
소苦笑를 금할 수 없었던 적이 있다. 한 연인이 길거리를 가고 있
었다. 그런데 그 남녀가 둘 다 잘생기고 예쁘면 환상적이라고
한다. 그러면 남자가 못생기고 여자가 예쁠 경우는 뭐라고 할
까? 그럴 경우에는 남자가 능력이 있나 보다라고 말한단다. 반
대로 여자가 못생기고 남자가 잘생겼을 경우에는 여자가 돈이
많나 보다라고 말한단다. 그래서 나는 학생들에게 물었다.

"남자도 못생기고 여자도 못생기면?"

아이들이 웃으며 말했다.

"이렇게 말하지요. 저 두 사람 정말 사랑하나 봐."

그 말을 듣고 뭔가 씁쓸했다.

이런 류의 우스개 이야기들은 끊임없이 세태에 맞춰 확대 재생산된다. 그리고 이 세태의 맹점을 적나라하게 꼬집기에 사람들에게 촌철살인의 웃음을 준다.

나는 이 이야기에서 오늘날 세태의 가치 기준이 무엇인가 생각해본다. 우선 외모가 잘난 사람끼리 만나면 환상적이라고 칭찬을 아끼지 않는다. 외모보다 더 중요한 그들의 인간성이나 세계관, 성격은 알 바 아닌 것이다. 다음으로 외모가 모자랄 경우 거론되는 것이 돈과 능력이다. 외모가 모자라는 중요한 결점을 그런 것들이 벌충해준다는 것이다. 그러고 나서 외모가 모자라고 돈과 능력도 없는 경우에야 그 둘이 사랑하나 보다 라고 얘기하는 것이다. 어쩌다 젊은 신세대들이 이렇게 기성세대와 자기 자신들을 조소하게 되었을까? 이 세상엔 사랑을 부르짖는 사람들이 어느 시대보다도 많은데 말이다.

사랑은 그런 것이 아니다. 조건이나 돈으로 이루어지는 이 세상의 모든 가치 기준으로도 잴 수 없는 그 무엇이다. 어쩌면 젊은이들은 이런 우스개를 통해 사랑을 우습게 여기는 세태를 비판하는 것인지도 모르겠다.

남녀가 지나가면 그들의 외모나 능력, 돈보다는 그들의 사랑을 먼저 봐주고 그들의 사랑을 인정해주는 자세가 필요하다. 연인의 사랑에서 우리 인간의 사랑은 시작된다. 그들이 사랑으로 결혼해서 자식을 낳고 사랑으로 기름으로써 이 세상에 사랑이 가득 차는 것인데 그들의 사랑이 시작부터 돈과 능력으로 왜곡된다면 슬픈 일이다. 사랑을 존중해줄 때 우리 사회와 인간성이 회복된다.

도서관에서의
아름다운 사랑

　　　　　　　　　　옛날, 대학원 입시를 준비하느
라고 밤늦게까지 학교 도서관에서 공부를 하고 있었다. 시간이
늦어지자 사람들은 하나씩 둘씩 자리를 정리하고 가방을 싸 집
으로 가기 시작했다.

　영하의 날씨에 도서관 문이 열릴 때마다 찬 기운이 들이쳤다.
도서관 안의 석유난로는 그래도 열심히 뜨거운 열기를 뿜어대
고 있었다.

　한참 공부에 몰두하던 나는 그때 고개를 들고 아주 아름다운
광경을 보았다. 한 쌍의 남학생과 여학생이 같이 공부를 하다
자리에서 일어나 집에 갈 준비를 하였다. 두 사람은 서로 사랑

하는 연인처럼 보였다.

가방을 다 싸자 남학생은 화장실을 다녀오려는지 여학생을 놔두고 도서관 밖으로 잠시 나갔다. 그러자 여학생은 잠자코 남학생이 의자 뒤에 걸쳐두었던 외투를 들고 난롯가로 갔다. 그리고 그 외투의 안쪽 면을 난로 쪽에 쬐었다. 잠시 뒤 남학생이 화장실에서 돌아오자 여학생은 미소 지으면서 따뜻해진 외투를 입혀주었다.

지금도 찬 겨울바람이 불어오면 두 사람의 아름다운 모습을 떠올리곤 한다. 그것은 바로 사랑의 아름다움이다. 백 마디 말로 사랑한다고 말하는 것보다 외투를 따뜻하게 입을 수 있게 세심한 곳에까지 마음 쓰는 그 정성, 그것이 바로 사랑의 실천이다. 부모님께 효도하겠다고 말로 떠들고 큰돈 모아 효도 관광시켜 드리는 것보다 당장 따뜻한 양말이라도 한 켤레 사다 드리는 것이 효도다. 자식에게 부모가 사랑한다고 백 마디 떠드는 것보다 따뜻하게 한번 안아주는 것이 진정한 사랑이다.

이 세상에는 사랑에 굶주린 많은 사람이 있다. 그들에게 말로만 사랑을 외치거나 형식적인 금품 전달로만 사랑을 표시하는 것은 진정한 사랑이 아니다. 진정한 사랑은 바로 외투를 데워서 입혀주듯 작은 실천에서 느껴지고 빛나는 것이다.

원추리꽃
향기

　　　　　　　　그녀를 처음 만난 건 대학 4학
년 여름이 막 시작되던 1학기 말이었다. 기말고사 준비를 위해
집을 나와 택시까지 타고 새벽안개를 가르며 달려간 학교 도서
관에는 이미 빈자리가 없었다. 중앙도서관을 포기하고 자리를
잡은 단과대학 열람실에는 이제 막 본격적으로 공부를 시작하려
는 초롱초롱한 눈망울의 젊은이들이 내뿜는 열기로 가득 찼다.
　문학을 공부한답시고 밤마다 파지를 날리며 대학 시절을 보
낸 나는 사실 도서관의 그러한 열기가 그리 익숙하지는 않았다.
나에게는 도서관에 가서 공부를 한다는 건 파격에 가까운 일이
었다. 하지만 그간 탐닉했던 문학이라는 어둠의 세력(?)과 손을

끊고 이제 정말 졸업을 하고 대학원을 가기 위한 준비가 코앞에 닥쳐 있었다.

"저, 혹시 아무개 씨 아니세요?"

텁텁한 초여름 무더위를 가르는 알싸한 비누 향기로 그녀는 그날 내게 다가왔다. 어벙하게도 나는 그녀를 나의 과 후배 중 한 사람쯤으로 알았다.

"저 국민학교 1학년 때 짝이었는데……."

그 순간을 지금도 기억한다. 그간의 복잡했던 다양한 관심사를 정리하고 오로지 문학을 나의 업으로 삼아 공부하자 맘먹고 모처럼 도서관을 찾은 그날, 신은 얄궂은 운명의 고리를 철컥 채워버렸던 것이다. 이 여인을 만나게 하려고 나의 운명은 그토록 많은 시련과 방황을 준비했음을 깨닫던 추억이 지금도 아련하다.

그녀는 힘들고 강파른 삶의 고개를 숨이 턱에 차도록 올라, 간신히 한숨을 돌린 나그네의 눈에 띈 풀섶의 원추리꽃 같은 여인이었다. 온갖 화사한 치장과 드러냄과 표현함에 익숙한 여인들 사이에서 그녀의 자태는 전혀 드러나지 않는 그것이었고, 그 드러나지 않음이 그녀의 아름다움이었다.

그녀는 은행을 2년 다녔다고 했다. 자신의 삶을 보다 빛나는 것으로 만들어야 한다는 깨달음이 어느 날 갑자기 들이닥쳤고,

야간 입시 학원에 등록해 공부하고 내가 다니던 학교에 입학한 것이 일 년 전의 일이었다. 그녀는 그렇게 나의 공간 안에 있다가 오롯이 모습을 드러낸 것이었다.

대학 생활을 제대로 하기 위해 직장도 관둔 그녀는 과에서 촉망받는 재원이었다. 장학금을 놓치지 않았고, 대학 생활의 소중함을 내게 행동으로 하나하나 깨우쳐주었다.

"한 번 읽어보고 이상한 부분 없나 봐줘."

그날 이후 도서관에서 나란히 앉아 공부하게 된 내게 그녀는 가끔 자신의 리포트 원고를 내밀었다. 이면지에 단아하게 연필로 써 내려간 리포트 초고.

"아니 뭐 리포트를 초고까지 작성해서 써? 그냥 도서관에서 적당히 베끼지."

그게 내 삶의 방식이었다면, 리포트 한 편을 쓰더라도 그 문제가 납득이 되도록 자료를 읽고 또 읽고 생각하고 초고를 써서 고치고, 또 고치고 난 뒤에야 비로소 리포트 용지에 온갖 정성을 다해 옮기는 것은 그녀 삶의 방식이었다.

시간이 날 때면 도서관에 가서 유명 화가의 화집을 천천히, 아주 천천히 감상하며 한 페이지씩 넘기는 여인. 주변의 사랑하는 사람들에게 잔잔한 행복의 물결을 전하는 여인. 그러면서 자신의 존재를 무리해서 드러내지 않는 원추리꽃 같은 여인이 나의 첫사랑이었다. 남들이 화려하고 원색적인 꽃에 눈을 줄 때 나는 숨은 보석을 몰래 혼자 찾아낸 듯한 득의만만함을 즐기고 있었다.

그러나 그녀와 헤어진 뒤 내가 보낸 이십대 후반의 세월은 암회색 미세먼지가 내 사위를 온통 감싼 메마른 시절이었다. 고통의 시기를 보내고 나서 나는 어느 날 문득 거짓말처럼 그녀를 놓아 보낼 수 있었다. 나에게 남은 건 그녀의 아련한 향기와 우리가 사랑했다는 추상 명제 하나뿐이었다.

얼마 전 만난 모 출판사 주간은 그녀가 공부한 학과의 직속 선배였다. 그가 기획하고 있는 원고를 쓰는 문제로 만난 우리였지만 같은 캠퍼스에서 비슷한 시기에 젊은 시절을 보냈다는 공통점에 이내 의기투합할 수 있었다. 딱딱한 업무 이야기들이 끝난 뒤 우리의 화제는 자연스럽게 둘이 알 만한 사람의 소식을 전하는 일이었다. 그 과의 조교였던 그는 원추리꽃 같은 내 첫사랑의 여인을 아주 잘 알고 있었다.

"내가 그때 장가만 안 갔어도 프러포즈했을 거요."

그의 말에 내 얼굴에 미소가 스며들었다. 풀숲에 숨은 원추리 꽃을 발견하는 그의 안목이 반가웠기 때문이다.

그와 함께 출판사 사무실에서 나오는 내 주변에선 어디선가 오랜 세월을 건너뛴 원추리꽃의 향기가 다시 감돌았다.

다리 절던
그 선배

파릇파릇한 새내기의 단꿈을
안고 1980년 봄 나는 명륜동의 성균관대학교 캠퍼스에서 청운
의 꿈을 키웠다. 모교는 언덕에 있다. 목발 짚은 1학년 신입생인
나에게 그 비탈길을 오르고 내리는 건 중노동이었다.

입학식을 마치고 첫 주를 바쁘게 등하교하며 대학 생활에 적
응하던 어느 날이었다. 갑자기 저만치에서 한쪽 다리를 심하게
절며 걷는 대학생 하나가 환하게 웃으며 나에게 다가왔다.

"안녕하세요? 신입생이군요. 어느 과에 다녀요? 나는 교육학
과인데."

"구, 국문학과인데요."

"장애를 가진 후배 만나기 힘들었는데 참 반가워요. 우리 친하게 지내요."

"네, 그, 그렇게 하죠."

대답은 그렇게 했지만 나는 그와 친하게 지내고 싶은 마음이 전혀 없었다. 장애인이면서도 나의 장애를 애써 외면하던 철없던 시절. 그를 보면 내가 저런 모습으로 남들에게 비쳐지겠구나 하는 자괴감이 엄습했다. 학교 앞 쇼윈도를 지나갈 때 목발 짚어 다리가 흐느적대는 내 모습이 보기 싫어 일부러 외면하고 다녔던 나였다. 어떻게든 장애를 극복하고 비장애인들보다 더 뛰어난 사람, 더 능력 있는 사람이 되겠다는 불퇴전의 각오만 내안에 가득 차 있었다.

그 뒤로 캠퍼스에서 간혹 그 선배가 저만치에 보이면 나는 딴 길로 가거나 숨어버렸다. 그래도 그 선배는 나를 보고 뭐라하지 않았고 우연히 마주치면 미소를 지어주었다.

그로부터 40년 가까이 지난 지금 나는 문득 그가 그립다. 학업과 직업, 결혼과 육아를 거치면서 나는 깨달았다. 열린 마음으로 다가온 그를 내가 닫힌 마음으로 받아들이지 못했음을.

세월이 흘러 장애는 극복하는 것이 아니라 받아들이는 것임을 알게 된 나는 이제 작가이자 강연가가 되었다. 나를 불러주는 곳을 갈 때마다 고속열차를 이용한다. 고속열차 2호 차는 나

같이 휠체어 탄 장애인들이 탈 수 있는 칸이다. 간혹 여행하는 장애인들을 그곳에서 만나면 나는 그 선배처럼 환한 얼굴로 먼저 인사를 건넨다.

"어디까지 가세요? 저는 부산 가요."

때로는 반갑게 맞아주는 사람도 있지만 애써 외면하는 장애인들을 볼 때면 과거의 내가 떠오른다. 사람이 아무리 다가가도 마음이 닫혀 있으면 받아들일 수가 없다. 나만이 이 세상 고통을 다 짊어졌다는 압박감을 버릴 때 세상은 비로소 내 안으로 들어온다.

다리 절던 그 선배가 오늘따라 보고 싶다. 그때 좀 더 친하게 지냈더라면 얼마나 좋았을까. 좁은 속을 가진 자는 늘 이렇게 뒤늦은 후회만 하나 보다.

소통과 조화,
이해와 공감

　　　　　　　　　한때 사회복지 분야, 특히 장애
인복지계에서는 전문가들 대신 당사자가 모든 것을 결정해야
한다는 이념인 당사자주의가 횡행했다. 장애인 당사자인 나로
서도 반가울 뿐만 아니라 참신한 패러다임이 아닐 수 없었다.
장애인 자신의 문제는 자신이 가장 잘 안다는 것이 당사자주의
의 근본 원리였고 출발점이었다. 그래서 전문가는 필요 없다는
식으로 극단적인 주장까지도 나오게 되었다.

　물론 전문가를 맹신하는 태도는 옳지 않다. 패션으로 성공한
사람들이 이렇게 말하는 걸 들었다.

　"패션 박람회 같은 곳에서는 전문가를 만나지 않습니다. 패션

전문가라는 사람이 오히려 창의성이 떨어져요."

그럴 수밖에 없다. 전문가들은 데이터와 과거의 실적을 위주로 판단하기 때문이다. 창의성이라는 것은 없던 것을 만드는 것이기에 전문가라고 해서 잘하리라는 보장은 결코 없다.

그러나 사회복지 분야에서 당사자가 창의적이라는 근거 역시 별로 없다. 물론 전문가가 보지 못하는 부분에서의 새로운 결정이나 정책을 만들어낼 수 있을 것이다. 그것이 얼핏 보면 창의적으로 보일 수도 있다.

그러나 당사자가 전문가는 아니다. 당사자 삶의 영역에는 당사자의 목소리를 잘 받아들이는 전문가가 필요한 것이다. 물론 그러려면 전문가의 의견을 잘 받아들여서 자신의 삶을 바꾸는 당사자도 필요하다.

남아프리카공화국에서 넬슨 만델라가 대통령이 되었을 때 럭비 월드컵 경기가 열렸다. 그때 전문가들은 남아공이 우승할 확률은 거의 없다고 말했다. 그러자 넬슨 만델라는 말했다.

"전문가들의 말대로 되었다면 자네와 나는 지금까지 감옥에 있어야 하네."

그렇다. 정말 중요한 것은 전문가의 의견도 당사자의 의견도 아닌 조화이다. 그리고 그들의 의견과 생각이 궁극적으로 나아가려는 방향이 무엇인가를 생각한 뒤 이루어지는 실천이다. 궁극의 목적은 모든 사람이 소외받지 않는 행복한 세상 아니겠는가.

나도 그런 예가 있었다. 어린 시절 재활원에서 다리에 브레이스를 차고 목발을 짚고 걸었는데 이 브레이스가 너무 무거워 걷기가 힘들었다. 전문가인 재활치료사는 꼭 브레이스를 하라고 했지만 당사자인 나는 그게 너무나 거추장스러웠다. 그래서 아예 걷는 걸 포기했다. 그러자 다른 재활치료 전문가가 나에게 물었다. 걷고 싶지 않냐고. 그렇다고 하자, 그럼 브레이스 없이 걸어보라고 했다. 결국 나의 욕구와 전문가의 타협은 나를 걸을 수 있게 했다. 비록 브레이스가 없어 다리를 흐느적거리며 걸었지만 그 뒤 나는 30여 년간 목발 보행을 할 수 있었다.

궁극의 목적을 확인한다면 당사자나 전문가의 의견 대립이나 갈등은 얼마든지 조정하고 소통하여 해결할 수 있는 문제라고 생각한다. 전문가와 당사자의 소통과 조화, 그리고 이해와 공감만이 사회복지의 발전을 이룰 수 있다. 그러기 위해서는 상대를 인정하는 일부터 먼저 이루어져야 한다.

3
/

작가가 되다, 열정의 힘
— 가슴속에 뜨거운 용광로를
품어야 지치지 않는다

이 세상일은 무엇 하나 억지로 되는 법이 없다.
순응하며 주어진 바에 본분을 다하면 때가 허락하는 순간
나의 기다림은 이루어진다.
나는 과연 기다림을 통해 원하는 결과를
얻을 자격이 있는가?
때가 왔을 때를 위해 준비하자.

설렘은 어떠한 어려움도
이겨낼 수 있는 힘이다

 '31303.' 내가 강의를 해야 할
문과대학 강의실의 번호다. 3층에 있었지만 그건 아무런 문제가
되지 않았다. 문과대학 건물 바깥에는 꽃샘추위가 몰아치고 있
었지만 몸은 후끈후끈 달아올랐다. 조교실에서 오후 1시 국어
작문 강의 시간이 시작되기를 기다리면서 거듭 마른침을 삼켜
야 했다. 따라온 아내가 물을 떠다가 나에게 권했다. 결혼한 지
몇 달 되지 않은 새색시인 아내는 내가 하는 첫 강의를 학생인
것처럼 듣고자 청바지에 티셔츠를 입고 조교실에서 함께 기다
리는 중이었다. 선배 한 사람이 그런 나를 보고 웃으며 말했다.

"정욱아, 너 설레는구나? 걱정 마. 잘할 수 있어."

그는 강의를 맡기까지 내가 얼마나 힘든 과정을 겪었는지 알고 있었다.

내가 전공으로 국문학을 하리라곤 꿈에도 생각지 않았다. 될 대로 되라는 심정으로 들어온 학과였다. 들어와서보니 공부는 그다지 어렵지 않았다. 아니, 오히려 재미있었다. 어려서부터 좋아하는 책을 읽고, 토론하며, 문학을 공부했기 때문이다. 대학을 다니면서 나는 문학의 즐거움에 빠졌고, 결국 작가의 꿈을 키우면서 대학원을 다녔다. 석사와 박사과정을 마무리할 때까지 나는 정말 열심히 공부했다. 그러던 어느 날, 조교가 들어와 공지 사항을 말했다.

"다음 학기에는 박사과정 수료한 사람들이 강의를 하나씩 맡았습니다. 조교실에 오시면 시간표가 배정되어 있을 거예요."

그때만 해도 국어강독이나 국어작문이 교양과목으로 있어서 대학원 박사과정쯤 다니면 강의를 어렵지 않게 맡을 수 있었다. 비록 강의 시간은 두 시간이지만, 앞으로 교단에 설 사람들에게 미리 경험을 쌓게 해준다는 의미는 컸다. 나 역시도 강의를 맡을 수 있을까? 가슴이 설렜다. 그런데 그때 조교가 다가와 나에게 넌지시 말했다.

"고 선생님은 몸이 불편해서 교수님들이 강의 배정을 못하셨어요."

청천벽력이었다. 강의 배정을 못 받다니. 교수들은 내 의사는 한 번도 확인하지 않고 강의 기회조차 주지 않았다. 크나큰 배신감을 느꼈다. 국문학을 공부하면서도 이런 좌절을 또 겪어야 하다니. 모든 기대가 무너지는 듯했다.

이 이야기를 들은 아버지는 당장 자리를 떨치고 일어나셨다. 그리고 차별 받는 아들을 위해 지옥이라도 가겠다는 각오로 교수들을 쫓아다니며 읍소하셨다.

"우리 아들이 강의를 할 수 있는지 없는지 한 번이라도 기회를 주시고 판단해주십시오, 교수님."

아버지의 읍소가 통해 결국 학교에서는 나에게 새 학기에 강의 기회를 주기로 했다. 그래서 맡게 된 강의가 국어국문학과 1학년 학생들이 듣는 국어작문이었다. 교수님들은 내가 국문과 출신 선배이기에 학생들이 별 거부감 없이 나를 받아들일 거라 생각한 듯했다.

드디어 수업 시간이 되어 나는 목발을 움직여 3층 강의실로 힘겹게 올라갔다. 아내는 강의실 뒷문으로 들어가 학생인 것처럼 자리를 잡고 앉았다. 나의 가슴은 쿵쾅쿵쾅 뛰기 시작했다. 설렘이 극에 달했다. 학교에 들어온 지 8년 만에 강단에 처음 선 감회는 정말 새로웠다. 강의실 문을 열고 들어가자 학생들은 모두 깜짝 놀랐다. 생각지도 못한 목발 짚은 장애인 교수가 들어오니 그럴 수밖에. 긴장해서 갈라지는 목소리로, 나는 설레는 가슴을 누르며 말했다.

"여러분에게 국어작문을 한 학기 동안 가르칠 고정욱입니다."

의자를 끌어다 교단 위에 놓고, 나는 거기에 앉아 출석을 부른 뒤 강의를 시작했다. 설레는 가슴은 쉽사리 진정되지 않았다. 누구보다 훌륭한 강의, 누구보다 뛰어난 강의를 하고야 말겠다는 각오였다. 장애가 있지만 학생들을 가르치는 데에선 결코 문제가 없다는 걸 보여주고 싶었다. 그런 마음 때문일까, 그 후로 나는 학교에서 강의 평가를 하면 항상 정상급에 있는, 학생들에게 인기 있고 성심을 다하는 강사로 인정을 받았다.

그때 시작한 강의를 20년 넘게 했고 수없이 많은 제자를 길러냈다. 제자 가운데에는 구청장을 비롯해 이 사회의 기간 인력이 된 사람도 있고, 대학 교수가 된 인물도 있고, 물론 나처럼 작가가 된 이들도 있다.

지금도 새봄이 오고 학생들이 입학하면 떨리는 가슴으로 목발을 짚고 강의실을 찾아가던 나의 모습이 생각난다. 나는 항상 생각한다. 가슴 떨리는 초심을 잃지 않는다면 내가 하는 일에서 열정을 상실하지 않을 것이라고. 그 설렘은 어떠한 어려움도 이겨낼 수 있는 힘이다.

대들보를 잘라
서까래로 쓰지 말게나

 습작 시절, 가난한 문학청년인
데다 외로운 대학원생인 나에게는 언제나 생활고의 간단없는
시험이 엄습했다. 아무런 능력도 없이 결혼한 가난한 대학 강사
였으니 그 어려움은 지금도 추억이 되어 아내와 나누는 대화에
등장하곤 했다.

그때 나의 이런 고통을 이해한 스승이 한 분 계셨다. 내가 몸
담은 학과의 스승인 그분은 나의 재능을 인정해주시고 격려해
주셨다.

"고 군. 자네 공부는 뭐하러 그렇게 많이 하려는가? 자네는
글을 써야 하네."

하지만 선생님의 말씀은 언제나 내게 공허한 메아리로 들렸다. 공부도 하고 싶고 글도 쓰고 싶지만 당장 내게는 부양해야 할 처와 자식이 있었기 때문이다.

고민 고민 끝에 나는 학생들을 가르치는 과외를 해볼까 마음먹었다. 강남 쪽에서는 국어를 전공한 학원 강사들이 없어서 난리라고 잘 아는 동네 아주머니가 은근히 권유했기 때문이다.

"고 선생 정도면 아마 훌륭한 국어 선생이 되실 거예요. 실력 있겠다. 학벌 좋겠다."

그녀가 제시하는 수고비의 유혹은 쉽게 뿌리칠 수 없었다. 그러나 한편으로는 과외 수업을 하느라 빼앗길 시간과 그로 인해 못하게 될 공부가 걱정됐다. 자칫하다가는 빈대 잡으려다 초가삼간 태울까 우려되었던 것이다.

결국 내가 찾아간 곳은 스승님의 연구실이었다.

"선생님, 사실은 아르바이트를 할까 생각 중입니다."

나는 자세하게 그간의 상황을 설명했다. 선생님께서는 나의 이야기를 심각하게 들으셨다. 그러고는 말이 끝난 뒤에도 한참을 침묵하다 말씀하셨다.

"자네 판단을 내가 이래라 저래라 할 입장이 아닌 것은 아네. 하지만 한 가지 해줄 말은 사람은 저마다의 쓰임새가 있다는 것일세. 대들보 감을 잘라 서까래로 쓰는 우를 범하지는 말게나."

나는 그 과분한 말을 듣는 순간 눈물이 핑 돌았다. 그리고 결심했다. 어떠한 어려움이 있어도 나는 문학과 학문의 길을 끝까지 가리라고.

오늘도 글밭을 파는
소출 적은 농사를 짓다

 애초부터 내가 작가를 꿈꾸었던 것은 아니다. 하지만 '사필귀정事必歸正'이라는 말이 있듯이 나는 동화를 써야 할 운명을 어느 정도 타고난 것 같다는 생각이 든다. 대학에 들어와 처음으로 문학을 알게 되고 작가가 되어야겠다는 꿈을 꾸기 시작한 것이 1981년이다. 국문학을 나의 인생을 걸 숙명으로 받아들였다. 그 후 지리하고도 오랜 습작 기간이 이어졌다. 동시에 대학원에 진학해 문학의 이론과 실기, 양면에 걸친 공부를 계속했다. 물론 중간에 여러 번 신춘문예나 문예지 등에 투고했지만, 그 결과가 참패로 끝나는 일이 많았다. 가끔은 당선 직전까지 갔어도 등단의 문은 쉽게 열리지 않았다.

오히려 대학에서 강의하면서 학생들에게 가르쳤던 작문이 책으로 발간되기도 했다.

1990년에 발간된 『글힘돋움』이라든가, 『살려 쓸 우리말 4500』 같은 글쓰기 관련 책들이 시중에 나와 독자들의 사랑을 받고 있을 무렵이었다. 나는 어린 시절의 일을 경험으로 삼은 작품 하나를 구상하게 되었다. 내가 자랐던 동네에서 있었던 실화에 상당 부분 바탕을 둔 이야기였다. 오랜 시간에 걸쳐 초고를 완성했고 그것을 아는 평론가 선배에게 전해주게 되었다. 그런데 선배는 그 작품에 대해서 이렇다 저렇다 말이 없었다.

마냥 기다리고만 있던 어느 날, 갑자기 W출판사에서 내 작품을 출간하겠노라고 연락이 왔다. 청소년 소설 같은 내용이라며, 동화로 개작해서 발간하고 싶다는 거였다. 그것도 나쁘지 않겠다는 생각에 작품을 손보기 시작했다. 마침내 몇 번의 힘든 수정 과정을 거쳐 그 작품은 그해 책으로 출판되었다. 마침 그 무렵 박사 논문 심사에도 통과했다. 좋은 일은 함께 온다고 했던가. 아무튼 그해는 좋은 일이 줄지어 찾아왔다. 그해 연말 〈문화일보〉 신춘문예에 나의 단편소설 「선험」까지 당선되는 바람에 나는 책도 출간하고, 박사학위도 받고, 작가도 되는 경사를 한꺼번에 맛보았다.

그리고 전업 작가의 길을 걸었다. 그러던 가운데 1997년 J출

판사에서 시중에 나와 있는 수많은 동화 작품들 가운데에서 옥
석을 골라 편저를 만들고 싶다는 제안을 해왔다. 정말 아이들이
읽었을 때 도움이 되고 감동적일 작품만을 추려서 학년별로 권
장 동화 모음을 만들겠다고 했다. 나는 좋은 작품만 추천하면
되었다. 좋은 작품을 골라 어린이들에게 읽히는 것도 문학을 전
공한 나의 사명 가운데 하나라는 생각에 제안을 받아들였다.

얼마 후 내 비좁은 작업실에 출판사 직원들이 한 트럭 가까
운 엄청난 분량의 책을 부려놓았다. 비좁은 작업실은 천장까지
책들이 가득 들어차다 못해 바닥에 깔아야 할 지경이었다. 기한
은 일 년. 일 년 동안 그 책들을 다 읽고 좋은 것들을 골라 달라
고 했다.

나는 그 많은 시중의 동화책들과 싸움을 하듯 읽어야 했다.
하루에 열 권을 읽은 적도 있었고 다섯 권을 읽은 적도 있었다.
밥 먹으면서도 읽고, 녹차를 마시면서도 읽었다. 다른 작업을
하다가도 머리를 식힐 겸 읽었고, 집에 가져다가 잠자는 머리맡
에 두고 읽기도 했다.

마침내 일 년 만에 2~3천여 권의 동화책을 읽는 일을 해내고
말았다. 그 작업을 하면서 우리나라 창작동화의 현주소를 알게
되었다. 그때 내 머릿속에는 몇 가지 새로운 생각이 자리 잡았
다. 그 생각들은 지금도 내 작품에 지침이 된다. 나는 누구나 쉽

게 떠올릴 수 있는 글은 쓰지 않겠다고 결심했다. 이것이 나의 첫 번째 작가로서의 마음가짐으로, 내 장애를 동화를 통해서 알리기로 마음먹은 계기였다. 나는 장애를 유형별로 다 소개하겠다고 결심했고 가장 먼저 쓰기 시작한 것이 뇌성마비였다. 1999년 출판된 뇌성마비 장애아가 주인공인 책이 『아주 특별한 우리 형』이었다.

그때 장애인계의 몇몇 사람이 말했다. 장애인들의 칙칙한 이야기를 어린이들이 읽겠느냐고. 그러나 나의 생각은 달랐다. 동화야말로 장애의 문제를 가장 정확하게 제대로 표현해낼 수 있는 장르라고 믿었다. 고난과 역경이 있고, 그 어려움을 극복하고 승리를 얻어내는 감동. 그것은 바로 창작동화의 영역이었기 때문이다. 결국 능력 있는 세 명의 실존 인물을 합쳐놓은 종식이라는 캐릭터가 탄생했고 『아주 특별한 우리 형』이 완성되었다.

장애 유형별로 다 써보겠다는 포부는 아직 반의반도 이루지 못했다. 그러는 가운데 장애인 주변 사람들의 고통과 번민까지도 눈에 들어와서. 최근의 작품에선 그들의 모습도 담고 있다. 장애인을 친구로 둔 아이, 장애인 자녀를 둔 부모, 또는 장애인 부모를 둔 자녀의 이야기 등등, 내가 평생을 바쳐 써야 할 장애인 이야기는 이처럼 크고도 광범위하다.

먼 훗날, 나와 동료 작가들의 작품을 읽은 아이들이 자라서 이끌어가는 세상에서는 장애인에 대한 차별과 편견, 멸시, 천대가 없어지길 바란다. 그 세상에 나는 있지 못하겠지만, 그래도 누군가는 기억할 것이다. 한 장애인 작가가 자신의 이야기를 있는 그대로 씀으로써 그의 글을 읽고 자란 청소년들이 자라서 이 세상을 조금 더 좋은 곳으로 만들었다고. 그러한 소리를 들을 수 있다면, 오늘도 밤늦은 시간까지 글밭을 파는, 소출 적은 농사를 짓는 농부인 나는 더 이상 바랄 것이 없다.

열정이라는 이름의
용광로

 제철소의 핵심은 용광로다. 고
온으로 철광석을 녹여 쇳물을 만들고, 그 쇳물을 가공하여 산
업의 기초 재료를 제공하기 때문이다. 이 용광로에 불을 지피면
1500℃ 이상의 온도를 항상 유지하게 된다. 한 번 가동하면 사
실상 끌 수 없다.

사람들 가슴속에도 용광로가 하나씩 있다. 그 이름은 '열정'
이다. 삶을 살아가면서 무언가를 이루고 싶어 하도록 하고 삶의
의미를 끊임없이 만드는 것이 바로 열정이다. 열정이 없거나 식
어버린 사람이 불행해지는 이유는 바로 여기에 있다. 그들에겐
목표도 없고 삶의 의미도 없기 때문이다.

나는 청소년들의 마음속 용광로에 불을 지펴주고 싶다. 지독한 입시 경쟁에 시달리는 우리나라의 청소년 대다수의 마음속 용광로는 꺼져 있거나 미적지근하다. 한창 용광로를 달구어야 할 청소년들에게 "너의 꿈이 무엇이냐, 무엇을 위해 너의 핵심 가치를 높여 갈 것이냐?" 라고 물으면 당황하며 제대로 대답하지 못한다.

한 살 때부터 장애인으로 살았던 나는 늘 강박관념에 시달렸다. 장애가 있기 때문에 할 수 없는 것이 많아지자 그것이 곧 내 능력의 한계로 남들에게 비춰질까 두려웠다. 그래서 부족한 부분을 다른 것으로 채우기 위해 늘 절치부심할 수밖에 없었다. 학업과 독서에 매진한 것은 말할 것도 없고, 세상 경험을 많이 하기 위해 이런저런 시도를 했다. 근면 성실함에서 뒤처지기 싫었음은 말할 것도 없다.

나 역시 그 누구보다 대학 입시의 충격을 크게 겪었다. 우여곡절 끝에 국문과에 입학해 대학 진학에는 성공했지만, 문과와 이과의 세계관 차이는 정말 극복하기 힘들었다. 동기들과 나누는 대화가 이해되지 않았을 뿐더러 그들의 사변적인 언어는 도저히 내가 따라갈 수 있을 것 같지 않았다.

하지만 일 년의 방황을 거친 뒤, 나는 내가 장애와 무관하게 잘할 수 있는 일, 글쓰기에 나의 핵심 역량과 가치를 집중하기로 결심했다. 새로운 용광로에 불을 지핀 거였다. 그 뒤 10여 년간 끊임없는 습작과 창작의 혹독한 훈련이 나를 기다렸다. 습작품을 한 편 쓸 때마다 지도교수에게 쫓아가 원고를 봐달라고 했다. 원고는 피바다가 되어 돌아왔다. 온통 빨간 펜으로 수정 지시가 내려져 있었다. 이럴 때면 대개는 자신에게 재능이 없음을 확인하고 좌절하거나 포기한다.

하지만 나는 그럴 수 없었다. 대안이 없기 때문이다. 배수의 진을 넘어 '파부침주破釜沈舟(솥을 깨고 배를 가라앉히며 달려듦)'의 심정이었다. 글쓰기조차 할 수 없다면 내가 할 수 있는 일은 이 세상에 아무것도 없었다. 작품을 쓰고, 쓰고 또 썼다. 가슴속에 품은 열정이 식기는커녕 더욱 뜨거워졌다. 반드시 작가가 되고, 좋은 작품을 써서 내 인생을 스스로 개척하리라는 다짐이 확신으로 굳어갔다.

마침내 1992년 신춘문예에 당선된 뒤, 나는 지금까지 작가의 길을 20여 년 가까이 걷고 있다. 여전히 글에 대한 열정은 식지 않았다. 글을 쓰면 쓸수록, 마치 타는 불에 기름을 붓는 것만 같았다. 남들은 나의 장애를 불리하다고 했지만 나는 그것을 오히려 나만의 독특한 경험으로 승화시켰다. 장애를 다룬 작품도 많이 써 신영역을 개척했고, 독자들의 큰 사랑도 받았다.

나의 경험 때문인지, 나는 방황하고 있는 청소년을 보면 자연스럽게 조언을 해주게 된다. 그들이 가슴속에 뜨거운 용광로를 품었을 때 비로소 지치지 않는, 그리고 열정이 가득한 삶을 살 수 있음을 경험하고 믿기 때문이다.

"인생에 공짜는 없다. 원하는 것이 있으면 대가를 지불해야 한다. 그 대가는 땀과 노력이다. 지치지 않고 끊임없이 노력하려면 가슴속에 꺼지지 않는 열정이라는 이름의 용광로를 하나 세워야 한다."

나의 작은 멘토링이 청소년들의 가슴에 열정이라는 이름의 용광로가 되길 바란다.

누구나 큰 꿈을 꿀
자유가 있다

아들이 대학에 입학했을 때의 이야기다. 전공은 건축학. 전공 선택에 대해 나는 일언반구도 하지 않았다. 아들 녀석이 <u>스스로</u> 정했다. 대견하기도 하지만 과연 잘 해낼까도 궁금했다.

"건축을 전공하려는 너의 꿈은 뭐냐?"

"그, 글쎄요?"

하긴 아직 대학 1학년인데 꿈과 비전이 확실하게 자리 잡기는 어려운 일이다. 나의 경우를 돌이켜봐도 그때는 갈 곳 몰라 방황하던 시기였다.

내가 꿈다운 꿈을 가진 건 바로 대학 2학년 때였다. 어렴풋하게 작가가 되면 좋겠다는 생각을 했다. 그저 작가 자체가 꿈이었다. 작가가 무슨 일을 하는지, 어떤 비전이 있는지도 잘 모르면서.

"너는 장애가 있어서 세상 경험이 부족할 텐데 어떻게 작가가 되려고 그래?"

같이 문학을 공부하는 친구들이 물어왔다. 하지만 과연 그럴까? 장애인은 이 사회를 모르고, 인간 삶의 진지하고 원초적인 고민에서 동떨어져 있는 존재일까?

결론은 '아니다'다. 장애야말로 또 다른 특별한 삶이고, 그 누구보다 진지하게 왜 살아야 하는지, 삶이 어떤 것이어야 하는지를 끊임없이 생각하게 만드는 필요충분조건이었다.

문학은 의외로 나의 적성에도 맞았다. 어려서부터 장애 때문에 집에 틀어박혀 책을 많이 읽었고, 그 덕을 보았다고 해도 과언이 아니다. 문학을 공부하게 된 걸 운명으로 받아들일 수 있게 되었다. 아니, 문학을 공부하지 않았더라면 어떻게 살았을까 상상도 할 수 없다. 때론 정말 거부할 수 없는 운명의 길이 사람들 앞에 준비되어 있음을 느낀다. 그건 인간의 의지나 염원을 초월하는 것이기도 하다.

10여 년간의 습작과 문학 공부 끝에 나는 작가가 될 수 있었다. 1992년 〈문화일보〉 신춘문예에 단편소설이 당선되었다. 대학 시절의 꿈을 이뤘다. 동시에 박사학위도 받았다. 세상을 상대로 뭔가 해낼 수 있는 무기를 손에 쥔 것만 같았다. 세상으로부터 내 글쓰기를 인정받은 것 같았다. 지금 생각하면 뭐 그리 대단한가 싶지만 말이다.

작가가 되고 보니 그게 또 새롭고도 막막한 시작이었다. 좋은 작품을 끊임없이 써서 독자들의 삶에 영감을 주고, 문제의식을 던지며, 또한 즐거움을 선사해야 한다는 어려운 과제가 발등에 떨어졌다. 그건 작가가 되는 것보다 더 어려운 일이었다.

다행히 어려서부터 쌓은 많은 독서 경험이 큰 도움이 되었다. 처음 낸 역사소설 『원균』이 독자들의 큰 사랑을 받는 베스트셀러가 되면서 나는 비교적 운 좋은 작가의 길을 걷게 되었다. 그 뒤 부단히 작품을 발표하며 독자들의 뇌리에서 잊히지 않는 작가가 되려고 노력했다. 그러나 거기까지였다. 새로운 비전과 꿈은 일상의 관성적이고 습관적인 창작에 함몰되고 없었다.

그런 나에게 새로운 비전이 생겼다. 나만의 독특한 경험이고 숙명인 장애를 문학의 장으로 끌어들이자는 것이었다. 미래의 세상을 장애인이 차별받지 않는 세상으로 만들겠다는 꿈을 가지면서 나는 장애를 소재로 한 동화를 발표했다. 고맙게도 나의 그런 시도는 독자들의 열렬한 반응으로 돌아왔다. 많은 작품이 베스트셀러가 되었다.

강연 요청도 쇄도했다. 전국의 초·중·고교, 도서관, 사회단체 등으로 강연을 다니다 보니 내가 작가인지 강연가인지 모를 정도다. 남들은 그런 나에게 왜 실익도 없이 힘든 강연을 하느냐고 묻지만 내 생각은 다르다. 백문이 불여일견. 장애인에 대해 아는 것은 책만으로 모자란다. 직접 장애인이 살아 움직이는 모습을 보는 것만 못하다. 나를 한 번이라도 만난다면, 평생 나의 이미지로 장애인을 느끼고 쉽게 다가갈 것이라 여기는 까닭이다.

꿈은 늘 새롭게 변하고 발전하며 커지는 법이다. 작가가 된 뒤 수차례에 걸쳐 참관한 해외 도서전에서 나는 내 앞에 열린 새로운 지평을 발견했다. 아직도 대다수의 국가에서 장애인은 부끄러운 존재고, 사람 취급을 받지 못하는 천벌을 받은 사람으로 여길 뿐이다. 그들에게 장애인이 주인공으로 등장하는 책이라는 건 상상도 할 수 없는 일이었다. 장애는 우리나라만의 문제가 아니었다.

이후 나의 꿈은 전 세계에 내 책을 발간해 장애인에 대한 세계인의 인식을 바꾸는 것으로 나아갔다. 현재 20여 권의 책이 중국, 일본, 대만, 태국, 미국 등지에서 출간되었거나 번역 중이다. 그러나 그걸로 양에 찰 리 없다. 유럽과 중남미 지역을 포함해 더 많은 나라에 나의 책을 알리고 소개할 계획이다. 그러기 위해 나는 많은 여행을 통해 그들의 삶을 알고 배우려 애쓰고 있다. 세계인의 보편성을 확보하는 게 중요하기 때문이다.

나의 꿈은 진보하고 있고 죽는 날까지 나는 이 길에 매진할 것이다. 꿈은 꾸는 자만이 이룰 수 있다.

나의 이런 꿈과 비전을 들은 아들이 며칠 뒤 나에게 말했다.

"아빠 저도 꿈을 정했어요. 아주 큰 꿈이에요."

"뭔데?"

"나중에 우리나라가 통일이 될 거 아니에요? 그럼 제가 통일 한국의 신도시 전체를 설계할 거예요. 이념과 민족, 분단, 화합, 통일 이런 거 모두 다 아우르는 개념으로요."

누구에게나, 어떤 처지에 있거나 꿈꾸는 자유는 허락된다. 장애가 있다고 꿈까지 작을 수는 없지 않은가.

옛것을 익히고
미루어 새것을 안다

어느 해인가 대학교 3학년이었던 아들이 방학이 끝나기 전에 나의 시골 작업실에 한번 가보고 싶다고 했다. 말이 좋아 작업실이지 사실은 가평에 있는 작은 농가다.

그 집을 장만한 것은 오래전 봄이다. 아내가 막내를 임신했을 때였다. 아내는 물 좋고 공기 좋은 시골집을 장만해 거기에서 주말이면 텃밭도 가꾸고 아이들을 전원에 풀어놓아 건강하게 키우고 싶다는 소망을 가졌다. 나 역시 전적으로 동감했고, 우리 부부는 일 년 가까이 경기도 일대를 돌아다녔다. 때마침 전원주택 붐이 불어 녹록하게 살 만한 적당한 집을 구하는 것이 하늘의 별을 따는 것보다도 어려웠다.

그래도 집은 다 자신에게 맞는 임자가 있는 법. 운명의 집을 우리는 찾아냈다. 가평군 설악면의 아담한 농가 주택을 구할 수 있었다. 그 집에서 우리 가족은 많은 추억을 만들었다. 도시에서 나고 자란 우리 부부와 1남 2녀의 자녀들은 주말만 되면 짐을 싸들고 가평으로 내달렸다. 도로 사정도 좋지 않고 길도 좁았던 시절에 두 시간씩 교통 체증을 견디면서까지. 그곳에서 고추도 심었고, 여름이면 반딧불이 날아다니는 맑은 시냇물에서 미역도 감았다. 우리 아이들이 가진 전원의 추억은 모두 그 집에서 만들어졌다.

그때 물고기를 잡으러 시냇물로 들어갔던 아들은 이제 어엿한 성인이 되었다. 그 아들이 겨울 어느 날 작업실을 한번 가보자고 했다. 사실 겨울이 되면 너무 추운 집이라 제대로 방문하기가 힘들다. 결과적으로 하절기에만 이용하는 셈인데 그나마도 아이들이 다 성장해서 별장 노릇을 관둔 지도 오래되었다.

늘 차 뒷좌석에서 곯아떨어졌던 아들이 이제는 스스로 차를 운전했다. 차는 새로 난 고속도로를 달렸다. 아들도 격세지감을 느끼는 듯했다. 비좁게 왕복 2차선 국도로 가야만 했던 길이 왕복 4차선의 고속도로로 바뀌어, 두 시간씩 걸리던 짜증스러운 먼 거리가 30분 만에 갈 수 있는 가까운 곳이 되었기 때문이다.

몇 달 만에 와본 작업실의 반가운 감정이 사라지기도 전에 우리는 담장 한쪽 구석이 무너진 것을 보고 놀랐다. 아내와 함께 처음 그 집을 샀을 때 낡은 담을 수리하며 죽데기(나무를 켜고 남은 나무널)를 붙여서 만들어놓았던 담장이 13, 14년 만에 바람에 넘어간 거였다. 살펴보니 담장을 가로질렀던 버팀목이 비바람에 썩어서 힘을 받지 못했다. 봄이 곧 코앞에 다가왔는데도 찬바람은 싸늘했고, 산골 아니랄까 봐 하늘에서는 눈발까지 흩날리고 있었다. 잠깐 둘러보고 다른 곳으로 가려던 원래 계획을 급히 수정했다.

　　무너진 담장을 그대로 두고 올 수는 없었다. 아들과 나는 급히 담장을 수리하기로 했다. 그전까지는 내가 주도해서 집을 수리하고 손봤지만 이번 공사는 전적으로 아들에게 맡겼다. 시골 사람들은 이웃집을 내다보지 않는 것 같아도 꼼꼼히 살피며 신경을 쓴다. 그들에게 집도 관리하지 않는다고 손가락질 당할 수는 없었다.

　　아들과 나는 읍내의 목재소로 가 자재를 구했다. 굵은 각목 두 개를 사 자동차 지붕에 얹어 묶은 뒤, 집으로 돌아와 담장 수리에 들어갔다. 이미 창고에는 쓰다 남은 폐자재가 많이 있어 무너진 담장에 미음(ㅁ) 자로 틀을 만들어 고정시켰다. 그리고 가운데에 짧은 나무를 하나 더 받치자 옆으로 눕힌 날 일(ㅂ) 자

모양의 튼튼한 프레임이 되었다. 아들이 입김을 뿜으며 톱으로 목재를 썰고 망치질을 하며 건장하게 힘쓰는 것을 나는 흐뭇하게 지켜보았다. 이렇게 담장을 수리해놓으면 봄과 여름에 다시 와서 햇살 아래에서 전원생활을 만끽하는데 아무 지장이 없을 것이다. 틀이 완성되자 기존의 무너진 담장에 붙어 있던 죽데기를 떼어서 옮겨 붙이는 작업만 남았다. 튼튼한 틀에 죽데기만 다시 박으면 앞으로 10년 이상 끄떡없이 담장 노릇을 할 것 같았다.

그러나 난관은 어디나 있는 법이다. 못으로 틀에 널판을 박으려 하자 오랜 세월 바깥에서 비바람을 맞은 죽데기는 못이 들어가지 않을 정도로 딱딱해져 있었다. 아마도 죽데기의 수종은 외국에서 수입한 미송이거나 참나무인 것 같았다. 못이 들어가지 않을 정도로 강한 죽데기 앞에서 난감해하고 있을 때 눈은 점점 굵어지고 꽃샘추위는 기승을 부려 팔다리가 시려 왔다. 해 지기 전에 빨리 서울로 돌아가야 한다는 급한 마음에 우리는 아이디어를 냈다. 기존에 박혀 있던 못을 뽑아내고 그 구멍에 새 못을 대고 박아 죽데기를 붙이는 방법이었다.

이미 난 구멍을 재활용(?)하면서 못을 박자 작업은 순조롭게 진행되었다. 사람 하는 일이 늘 그렇듯 약간의 난관은 있는 법이었지만 죽데기들을 자르고 붙이고 재활용하다 보니 결국은 두어 시간 만에 말끔하게 담장이 보수되었다. 틈새를 촘촘하게 붙이지 못한 건 죽데기 몇 개가 재활용 불가능해서 개수가 모자랐기 때문이다. 다가오는 봄에 날씨가 조금 더 따뜻해지면 추가로 보수를 하기로 했다. 쓰던 죽데기를 다시 사용하긴 했지만 뒤에서 담장을 받쳐주고 있는 틀은 온전한 새 것이어서 든든하기 이를 데 없었다. 시골 마을의 다 쓰러져 가는 낡은 집이라 보안이 걱정될 일은 없었지만, 우리는 그렇게 시골집에서 겨우내 망가진 담장을 수리하며 봄을 준비했다. 도구를 정리하고 엉성하게나마 마무리된 담장을 살펴보며 아들과 나는 흐뭇해했다. 아들은 자신의 어린 시절 추억이 담긴 집을 어른이 되어 손본 것이 뿌듯한 것 같았다.

새로운 담장은 사실 온전한 새 담장은 아니다. 낡은 죽데기를 재활용하여 있던 자리에서 그 모습 그대로 다시 태어났다. 물론 좀 더 튼튼해지기는 했지만.

새봄이 되면 모든 사람은 이처럼 새로운 변화를 접한다. 새 부서에서 일하기도 하고, 진학을 하거나 한 학년씩 올라가 새 교실에서 새 친구를 만난다. 만물이 생동하는 새봄이야말로 새로운 삶을 시작하는 시기여서, 초기의 로마 달력에서는 3월이 새해의 시작이었다. 이걸 바꾼 사람이 폼필리우스와 카이사르였는데 3월 1일을 1월 1일로 당겼을 뿐이다.

그러나 어찌 온전한 새로움만 있겠는가. 기존의 것을 완전히 버리고 새로운 것으로만 꾸며진 출발이란 사실상 불가능하다. 낡은 죽데기와 새로운 각목의 결합을 통해 새봄을 맞이하는 나의 시골집 담장처럼, 우리의 삶도 갖고 있던 경험과 지식과 노하우에 새로운 각오와 결의를 덧대어 출발선에 서서 달려 나가는 것이 아닐까. 옛것을 익히고 그것을 미루어 새것을 안다는 온고지신溫故知新이라는 말도 그래서 나온 것이다. 지금까지 해오던 것, 지켜온 것에서 한 발 더 나아가는 새 출발이 진정한 출발이 아닌가 싶다.

새봄에는 서울의 번잡함에서 벗어나 아들이 튼튼하게 만들어놓은 담장이 바람을 막아주는 시골 작업실에서 멋진 작품 한 편을 써봐야겠다.

너와 나의 교감이
세상을 바꾼다

 작년 한 해 나는 강연을 위해 전국을 누볐다. 그야말로 작가가 직업인지 강사가 직업인지 모를 지경이었다. 하루에 강연 두 번을 하기도 하고, 보름 내내 하루도 안 거르고 연이어 한 적도 있다. 물론 그 덕에 휠체어를 타는 내 몸에 무리가 좀 오기도 했다.

한번은 지방의 어느 학교에서 강연을 하러 강당으로 이동하는데 아이들이 작가가 왔다며 우루루 몰려들었다. 말로만 듣던 작가를 만나니 무척 신기한 모양이었다. 그런데 그들 가운데 한 여자아이가 날 보자 그만 울음보를 터뜨리고 말았다.

"아앙! 선생님!"

너무 감격해 그런 것이었다. 나중에 알고 보니 그 아이는 내 책을 많이 읽고 감동을 받아 내가 오기만을 학수고대했다고 한다. 연예인을 보고 너무 좋아 패닉 상태에 빠지는 청소년들의 이야기는 많이 들었지만 그게 내가 될 줄은 꿈에도 몰랐다.

영화, 연극, 뮤지컬 등등의 예술 작품이 사람들에게 감동을 줘야 하는 이유는 바로 그런 감동을 통해 독자들이 자신의 삶을 반추하고, 개선하거나 새롭게 인식하기 때문이다. 다시 말해 눈물을 흘리고 감동을 받는다는 건 그 예술 작품을 만든 사람과 교감했다는 뜻이다. 교감은 세상을 바꾸기도 한다. 〈도가니〉 같은 영화가 우리 사회에 미친 영향력을 보면 쉽게 증명이 된다.

하지만 어느 예술 작품도 감상하는 사람에게 대놓고 주제를 이야기하지 않는다. 그저 보여주고 사람들이 스스로 느끼게 만든다. 그것은 드러내놓고 이야기한 것보다 더 큰 감동으로 사람을 움직인다. 교감의 힘은 그토록 무서운 것이다.

그렇다면 교감의 폭은 어떻게 넓혀야 할까? 막막해 보이는 이 질문의 답은 바로 부모, 형제나 친구들과의 관계를 살피면 알 수 있다. 일단은 같이 있는 시간이 많아야 한다. 일 년에 한두 번 만나는 사이에서 척 보면 느낄 수 있는 교감이 생길 리 없다. 시간을 공유하려 애써야 한다. 너무 바쁘지만 내 시간을 내줄 수 있는 관계에서 교감이 자리한다.

다음으로는 끊임없이 상대방의 입장이 되어 배려해야 한다. 자기 얘기만 떠든다면 교감은 싹틀 수 없다. 무심코 던진 한마디에 상대방이 상처를 입는 경우가 얼마나 많은가. 역지사지의 마음을 가질 때 비로소 교감이 생겨나며 서로 친근해지고 편안해진다.

　마지막은 행동이며 실천이다. 교감만 하면 무엇하겠는가. 상대방이 어려워 차마 말 못하는 것을 느낌으로 알았다면 넌지시 그의 속내를 읽고 행동을 해야 한다. 내 주위의 소중한 사람의 마음을 읽었다면 바로 그를 위한 나의 행동과 실천이 들어가야 한다.

　나를 보고 울음보를 터뜨린 아이는 강연을 마치고 내게 다가와 정성껏 쓴 편지를 건네주었다. 그것은 교감의 증거물이었다.

　고정욱 선생님 사랑해요!
　저는 앞으로 장애인들을 보면 차별하거나 따돌리지 않고
　열심히 도와줄 거예요.
　좋은 책 많이 써주세요.

뇌를 속이면
행복해진다

 강연을 가서 보면 표정이 어두운 청소년이 있다. 왜 그러냐고 물어보면 가장 큰 문제가 사는 게 즐겁지가 않다는 것이다. 화가 잘 나고, 꿈이 없어서 노력할 생각이 안 든다고 한다. 청소년이 그런 마음을 갖고 있다는 건 참 걱정되는 일이다. 미래의 주인공들이 그렇게 힘이 없고 우울해서는 안 되기 때문이다.

그래서 나는 늘 비결을 말해준다. 모든 해결 방법은 바로 우리 뇌를 속이는 데에서 비롯된다고. 일단 우리들의 모든 마음 상태는 뇌에서 조정하는 것이다. 이 뇌라는 녀석은 굉장히 똑똑한 것 같지만 어리석기도 하다. 착각을 잘하기 때문이다.

먼저 즐거움에 대해서는 이렇게 하면 된다. 일단 아무 이유 없이 웃어본다. 처음 5초 정도는 그냥 웃을 수 있다. 어색해도 참고 웃는 게 필요하다. 5초간 웃을 수 있으면 그 다음엔 10초로 늘린다. 이때 온몸을 움직이며 입을 크게 벌리고 소리를 내서 눈물이 날 정도로 웃는다. 웃다 보면 갑자기 온몸에 활기가 차고 기분이 좋아지는 걸 느낄 수 있다. 그건 바로 뇌에서 도파민이 분비되기 때문이다. 행복해야 웃는데, 웃으니까 거꾸로 행복하다고 생각해서 호르몬이 분비되는 것이다. 이렇게 자꾸 뇌를 속이고 웃으면 우리는 점점 행복해진다. 자연히 얼굴 표정도 밝아질 것이다.

또 하나의 문제는 화를 잘 내는 것이다. 별것 아닌 일에 불같이 화를 내고 후회하는 청소년을 자주 본다. 나는 살면서 화를 내면서 하는 일이 잘되는 것을 본 적이 거의 없다. 화내지 않고 너그럽게 모든 문제를 대화로 풀 수 있어야 한다. 화는 남에게 상처 주는 것이 아니라 결국 나를 상처 입히는 것이다.

그럴 때도 뇌를 속이면 간단히 해결된다. 누군가가 나의 화를 돋우면, 깊은 숨을 쉬면서 나는 지금 나를 지켜보고 있다고 스스로 생각한다. 내가 정말 화를 내는지 화를 참아내고 평화롭게 넘어가는지 지켜보는 것이다. 친구 앞에서 숨이 거칠어지고 욕설을 퍼붓고 덤벼들려고 하는 나를 잘 관찰하면 우스꽝스러워질 것이다. 화내고 나면 분명히 후회한다는 걸 알게 된다. 그러면 어느새 화가 슬그머니 가라앉는다. 뇌는 폭발하려다가 또 다른 내가 지켜보면 부끄러워진다. 뇌가 맘대로 하지 않도록 조절하면 친구들이나 부모님에게 화낼 일이 없어진다.

꿈이 없는 아이들에게도 이 방법을 쓰면 된다. 대개 꿈이 없으니까 노력할 이유도 없는 것이다. 노력을 하지 않고 실력을 쌓지 않다가 나중에 꿈을 정하면 이미 기초실력이 없어 꿈을 포기하는 경우가 발생한다. 꿈은 뭐가 되었든 일찍 정하는 게 중요하다. 그러려면 역시 뇌를 속여야 한다. 내가 잘할 수 있고, 즐거울 것 같은 꿈을 정한 뒤 매일 뇌를 속인다. 나는 할 수 있다. 나의 꿈은 무엇이다. 나는 그 꿈을 위해 노력할 것이다. 이렇게 자꾸 중얼거리고 소리치면서 상상하면 뇌가 가장 먼저 받아들인다. 내가 스스로 말하고 생각한 것인데도 뇌는 그 방향으로 움직인다. 노력도 하게 되고, 게을러지려고 하면 스스로 일어나 달리도록 만든다. 이렇게 뇌를 속인 많은 사람이 훗날 위인이 되고 이 세상에 좋은 영향을 미친다. 나의 뇌를 속여 즐겁고, 꿈을 향해 도전하는 행복한 시간으로 만들었으면 좋겠다.

세계 최고의 학교를
졸업하다

나는 전국에 강연을 다닐 뿐만
아니라 매년 10여 권 이상의 저서를 출간하는 역동적인 삶을
살고 있다. 그런 내가 휠체어를 타고 있는 장애인이라는 사실을
알면 사람들은 깜짝 놀란다. 어떻게 그러한 성과들을 이루었느
냐고 묻는다. 그들에게 나는 이렇게 대답한다.

"제가 세계 최고의 대학을 나왔거든요."

대개의 사람들은 하버드냐, 옥스퍼드냐고 되묻지만 그런 대
학은 근처에도 가본 적이 없다. 그 대학의 이름은 바로 '들이대
★'. 세계 최고의 대학이라고 나는 자부하고 있으며, 많은 사람이
내 이야기를 듣고 고개를 끄덕인다. 들이대를 나오지 않고 이

세상에서 이룰 수 있는 일은 없다. 망설이고 재고 머뭇거리다 들이대 나온 사람들에게 자신의 기회를 빼앗긴 경험이 한두 번씩 있을 것이다.

나는 들이대를 나왔기에 장애를 가졌지만 박사학위를 받았고, 작가로서 많은 사람의 사랑을 받고 있다. 수많은 나의 책이 베스트셀러가 되었을 뿐만 아니라 결혼할 때도 나는 들이대 출신의 힘을 보여주었다. 사랑하는 여인에게 무작정 들이대 결혼을 쟁취했고, 자녀도 셋이나 두었다. 또한 장애를 가졌지만 비장애인들이 걸어가 보지 못한 전인미답前人未踏의 길을 걷고 있다. 이런 내용을 근간으로 한 나의 강연을 들으면 청중들은 모두 불끈 힘이 솟는다고 한다. 나 같은 사람도 하는데 왜 자신들이 못하랴 싶은 생각이 든단다. 들이대고 싶은 용기를 얻는 것이다.

그쯤 되었을 때 나는 또 다른 질문을 한다.

"이 들이대를 입학하려면 어느 고등학교를 나와야 할까요?"

사람들은 다시 고개를 갸웃한다. 고등학교까지는 생각을 못 해본 것이다. 들이대를 무턱대고 나오기만 해서는 백발백중 상처를 입는다. 생면부지의 누군가가 와서 자신에게 들이댈 때 대부분의 사람들은 거절을 하거나 쉽사리 기회를 주지 않기 때문이다. 열에 아홉은 들이댔다가 깨지는 것이 당연지사다. 그렇게 되면 사람들은 큰 상처를 입고 다시는 들이대지 않으려고 한다.

들이대 전 단계의 고등학교는 바로 '아니면말고高.' 들이대고 나서 거절당하거나 받아들여지지 않을 때에는 아니면말고라는 마음으로 돌아서야 한다.

들이대와 아니면말고의 개념을 장착한 나의 멘티들이나 제자들은 곳곳에서 성과를 거듭내고 있다. 그래서 원하던 일을 하거나 도전의 기회를 잡는다. 하지만 용감하게 들이댔지만 실적이 신통치 않거나 능력을 보여주지 못하는 경우도 있다. 멘티였던 대학생 한 명이 찾아와 나에게 말했다.

"선생님 말씀대로 열 번을 들이대서 기회를 잡았는데 해보니까 일이 어렵고, 그쪽에서도 신통치 않다고 느꼈는지 별로 흡족해하지 않던데요."

들이대도 나왔고, 아니면말고도 나왔는데, 자신이 뜻했던 일이 제대로 이루어지지 않았다. 그에게 나는 말해주었다. 아니면말고는 명문 중학교 출신만 받는다고.

"그 중학교는 뭔가요?"

이 질문의 대답은 바로 '열공중中'이다. 열심히 공부한다는 것은 실력을 쌓는다는 의미다. 열심히 공부하여 누구에게도 뒤지지 않는 실력을 갖추어야 한다. 실력을 갖추고 남을 만났을 때비로소 그 사람의 능력을 인정받을 수 있다. 대개 들이대는 사람들은 열공중을 나오지 않았기에 내실 없이 무턱대고 들이대는 경우가 있다. 그랬을 때 그를 상대하는 사람은 짜증이 올라온다. 어려운 과제를 맡겼을 때 그 과제의 완수는 들이대와 아니면말고로는 되지 않는다. 열공중을 반드시 나와야 한다!

나의 경우는 작가가 되고 여기까지 오기 위해 책을 손에서 놓은 적이 거의 없다. 그리고 작가가 되기 위해 30년간 거의 하루도 빼지 않고 글을 쓰거나 책을 읽는 등 오로지 한길을 달려왔다. 소설책을 읽더라도 단어 하나하나 적어서 단어장을 만들고, 국어사전을 통해 낱말풀이를 기록하곤 했다. 나중에 그 단어장으로 책을 발간하기까지 했다. 그러한 노력들이 쌓여서 비로소 작가가 될 수 있었다.

이 세상에는 너무나 많은 사이비 열공중이 있다. 진정한 열공중 출신들만이 아니면말고를 통해 들이대를 나올 수 있다. 그러면 그 앞에 성공의 기회가 열려 있음은 당연지사다. 이 학교들의 좋은 점은 입학 비리도 없고, 들어가기 위해 과외를 받을 필요도 없다는 점이다. 오로지 스스로 목표를 정하여 도전하고 과제를 만들어 노력하면 되는 학교들이다. 진정한 학벌 사회는 바로 열공중을 졸업하고, 아니면말고를 마친 뒤 들이대를 우수한 성적으로 나온 사람들이 만들어가는 곳이다. 그들이 만든 사회는 동등한 기회가 주어지며 누구든 도전하면 꿈과 희망을 이루는 세상이다.

내 삶에
바람을 일으키자

 우리 삶에는 바람 불지 않는 날
이 별로 없다. 산들바람부터 거센 폭풍까지 수시로 불어닥친다.
때론 피해도 주고 때론 아픔도 준다. 문득 생각해본다. 바람은
왜 부는 걸까? 과학적인 근거를 따진다면 기압차에 의해 바람
이 분다. 기압이 높은 곳과 낮은 곳이 있다면 기압이 높은 곳의
압력이 강하기 때문에 낮은 쪽으로 바람이 부는 것이다. 겨울에
서 여름으로 넘어오는 과정에서 기압이 불안정하다 보니 수시
로 예측할 수 없게 불어 젖히는 것이 바람이다.

그러면 과연 바람은 자연 현상일 뿐일까? 평온하던 내 마음
에 갑자기 바람이 부는 때는 없을까? 물론 있다. 청춘 시절, 나

는 아름다운 여학생을 만나거나 가슴 설레는 신나는 일을 눈앞에 두면 내 마음이 바람에 마구 흔들리는 것을 느꼈다.

그렇다. 사람과 사람이 만났을 때도 바람은 분다. 나보다 인생 경험이 많고, 고민을 많이 하고, 삶의 지혜가 있는 열정적인 사람을 만나면 뜨뜻미지근한 삶을 살던 나의 마음이 요동친다. 내공이 세고 열정이 있는 사람이 고기압이라면 아무 생각 없이 무덤덤하게 사는 사람은 저기압이다. 그 둘이 만났을 때 비로소 저기압이던 사람의 마음에도 동요가 일고, 자신의 삶을 열정적으로 살고 싶다는 의욕이 고개를 든다. 그러면서 고기압인 사람의 삶을 본받고 싶어 한다. 다른 말로 하면 멘토를 만나는 것이다. 내공이 강한 사람을 만나 그의 가르침을 받고 그의 삶에서 영향을 받는 것이 바로 바람이다.

요즘 젊은이들은 삶에 별다른 바람을 일으키지 못하고 있다. 자신이 할 수 있는 건 아무것도 없다며 무기력해하는 모습을 종종 보게 된다. 그러다 보니 삶의 의욕을 잃고 게임에만 빠지거나 자신이 처한 어려운 현실을 애써 외면하려고 한다. 기차를 타고 강연을 가다 보면 젊은이들이 부질없는 휴대폰 게임이나 무료 채팅, 또는 텔레비전 드라마로 시간을 보내는 걸 많이 본다. 앞으로 창창한 미래의 삶을 위해 투자하고 노력해야 할 소중한 시간을 무의미하게 흘려보내고 있는 것이다.

그러한 삶에는 꼭 바람이 필요하다. 고여 있는 마음을 휘저어 놓아야 한다. 지금이라도 늦지 않았다. 내 주위에 강력한 내공을 가지고 있으며, 최선을 다해 살고 있는 사람을 만나야 한다. 그래서 내 삶에 바람을 일으켜야 한다. 그 바람에 나도 움직여야 한다.

꼭 사람을 만나야만 바람이 일어나는 것은 아니다. 나에게 감동을 주는 좋은 책을 읽거나 명화를 감상해도 된다. 스스로 깊이 생각해 저기압이던 삶을 고기압으로 바꿀 수도 있다. 우리 주위에는 삶에 바람을 일으킬 수 있는 요소가 많다. 이제부터라도 봄바람을 맞이하듯 내 삶에 흔들림을 줄 수 있는 좋은 계기를 만들기 바란다.

때가 왔을 때를 위해
준비하라

 어느 해 나는 S신문의 신춘문예 심사를 했다. 응모작 가운데 맘에 드는 수작을 골라내면서 뿌듯했다. 그가 앞으로 어떤 작가로 커 나갈지 기대도 되었다. 젊은 감각으로 톡톡 튀는 문장의 동화를 써내는 모습을 지켜보는 일은 무한히 기쁜 일이었다. 그리고 동시에 과거 내 모습이 떠올랐다.

젊은 시절 나는 신춘문예의 열병을 앓았다. 국문과에 입학해 보니 같은 과의 친구들 가운데 반수 이상은 문학청년들이었다. 소설을 쓴다는 둥, 시를 쓴다는 둥 하면서 그들은 나의 기를 죽였다. 책읽기는 좋아했지만 문학에 대해서는 한 번도 생각해본

적이 없던 나는 뒤늦게 문학의 길을 선택할 수밖에 없었다. 그렇다면 장애가 있어도 차별받지 않는 소설을 한번 써보리라 생각했다.

대학교 1학년 때 처음 쓴 소설은 지금 언급하기에도 참으로 낯부끄러운 것이었다. 재벌 2세가 우연히 길을 가다 교통사고를 냈는데 그 피해자는 구로동의 공단에서 일하는 여공이었다. 그렇게 여공과의 사랑에 빠지며 이 재벌 2세는 결국 자신이 가진 모든 기득권을 내려놓는다는 식의, 막장 드라마로도 옮기기 힘들 정도의 어설픈 작품이었다.

하지만 첫술에 배부를 리는 없는 법. 계속 작품을 써서 나는 학교 신문에 응모했다. 물론 낼 때마다 낙방이었다. 하지만 포기하지 않았다. 늦게 시작했으니 당연하다고 생각했다. 부끄럽다거나 좌절감은 들지 않았다. 미숙하니 당연한 일이고 언젠가 내공이 쌓이면 능력을 발휘할 거라 믿었다. 결국 4학년 때 낸 소설이 당선되어 나는 약간의 가능성을 발견했다.

그 뒤로도 끊임없는 습작과 도전의 연속이었다. 가을이면 신문마다 나오는 신춘문예 공고는 나의 가슴을 설레게 했고, 밤을 새워 작품을 준비해 응모하고 나면 남는 일은 기다림뿐이었다. 찬바람이 불고 첫눈이 올 무렵이면 나의 가능성 희박한 기다림은 늘 계속되었다. 대개 12월 중순에 신춘문예 통보가 온다는데 나는 그러한 전화를 받은 적이 없었다. 그러다가 1월 1일 배달되어 온 신문에서 당당한 얼굴로 웃고 있는 낯선 당선자의 얼굴을 발견해야 했다. 그들의 작품을 읽으며 무릎을 치고 이를 갈아야만 했다. 나보다 훨씬 뛰어나게 잘 쓴 작품을 보면서 나는 다시금 졌음을 인정해야만 했다.

하지만 그대로 포기할 수는 없는 노릇. 다시 새해가 오면 또 다른 신춘문예 당선의 소식을 기다리며 나는 펜을 갈았다. 새로운 작품을 구상해 형식을 바꾸고, 내용을 바꾸며 작품을 써내지만 매번 탈락의 고배를 마셔야만 했다. 작가가 되는 일이 이토록 힘들고 어려운 줄은 꿈에도 몰랐다. 언젠간 되리라 생각은 했으나, 되는 그날까지의 기다림은 정말 힘들고 어려운 것이었다.

또 한 번은 잡지의 발행인을 만난 적이 있었다. 발행인은 날 만나더니 작품이 좋은데 차라리 평론을 써보는 게 어떻겠냐고, 내가 원치 않는 길을 제시했다. 대학원의 박사과정을 다닐 무렵이었기에 심사위원은 내가 차라리 평론가가 되면 좋겠다고 제안을 한 거였다. 나는 단호히 거절했다. 남의 작품을 평론하느니 남들이 내 작품을 평론하게 만들겠다는 가당치 않은 오기 때문이었다. 기다림은 변절을 허용해서는 결코 열매를 맺을 수 없다는 게 내 생각이었다.

그 뒤로도 나의 목마른 기다림은 이어졌다. 응모하고 떨어지는 일을 반복했다. 초·중·고등학교 때부터 글쓰기 훈련이 됐더라면 얼마나 좋았을까 싶기도 했지만 이미 지나간 시간이었다. 노력하는 수밖에 없었다. 그랬기에 기다림은 더욱 가혹했다. 그러는 와중에 나는 박사과정을 마무리했고 결혼해서 가정도 이루었다. 자녀가 태어나고 그 자녀를 부양해야 할 의무까지 주어지는 동안에도 나는 문학 공부를 하는 백수였다. 작가가 되면 생계에 어느 정도 도움이 될 것 같은데 어느 신문도 나를 받아주지 않았다.

박사 논문을 쓰느라 정신이 없던 1992년, 나는 우연히 학교 도서관에 배달되어 온 〈문화일보〉를 발견했다. 〈문화일보〉에서 신춘문예 공고가 난 것을 보자 나는 또 도전해 보기로 결심했다. 옛 애인을 만난 것처럼 살짝 가슴이 설렜다. 논문을 쓰는 와중에 머리를 식히기 위해 써놓았던 작품을 하나 골랐다. 그리고 그 작품을 다듬고 시간을 뺏기지 않는 선에서 수정했다. 하도 오래 다듬은 작품이라 손볼 곳도 별로 없었다. 단어 하나를 바꾸면 나머지 체제를 바꿔야 할 정도로 정제된 작품이었다. 그걸 다시 고쳐서 응모한 뒤 나는 투고 사실조차 잊어버렸다. 박사 논문을 써서 심사에 통과하는 일이 큰일이었기 때문이다.

논문 마지막 심사를 남긴 어느 날, 낯선 여자에게서 전화가 왔다. 〈문화일보〉의 신효정 문화부장이었다. 내가 낸 작품이 신춘문예 소설 부문에 당선되었다는 것이다.

하늘을 날 것같이 기뻤다. 가슴속의 응어리들이 모두 풀리는 것 같았다. 내가 습작을 시작하고 작품을 쓴 지 무려 12년 만에 이룬 쾌거였다. 정작 기다림을 의식하지 않고 다른 곳에 한눈이 팔려 있을 때 당선 소식은 점령군처럼 날아왔다.

그 뒤로부터 지금까지 25여 년의 세월이 흘렀다. 긴긴 기다림으로 신춘문예의 당선 소식을 애타게 기다렸던 젊은 시절이 생각난다. 돌아보면, 모든 기다림은 우주가 나에게 허락하는 때를 기다리는 것임을 알게 되었다. 내가 아무리 애타게 갈망하고 노력하며 발버둥을 쳐도 때가 허락하지 않으면 될 수 없다는 것을 알았다. 이 세상일은 무엇 하나 억지로 되는 법이 없다. 순응하며 주어진 바에 본분을 다하면 때가 허락하는 순간 나의 기다림은 이루어진다. 연인을 만날 수도 있고, 취직을 할 수도 있고, 뜻을 이룰 수도 있다. 중요한 것은 때가 왔을 때 나에게 준비가 되어 있느냐이다.

인간은 누구나 무언가를 기다린다. 혹시 지금 애타는 기다림을 갖고 있다면 자신을 먼저 돌이켜보아야 한다. 나는 과연 기다림을 통해 원하는 결과를 얻을 자격이 있는가. 어느 날 아침 도둑처럼 눈이 오듯 원하는 것이 이루어질 때 그것을 잘 지키고 유지할 준비는 되어 있는가. 언젠가 다가올 기다림의 끝을 위해서 오늘 하루를 충실히 가꿔야 한다. 변절하지 말고. 내가 당선 이후 20년 넘게 작가로서의 삶을 영위하고, 독자들에게 끊임없이 뭔가 이야기를 건넬 수 있음은 바로 기다림보다 기다림 이후가 더 중요함을 말해주는 증거다.

나는 내가 뽑은 신춘문예 당선자를 위해 작은 꽃다발을 준비했다. 그에게 드디어 우주가 기다림의 보상을 했으니 어찌 축하할 일이 아니란 말인가.

결국은
노력과 실력이다

 글로 먹고살겠다고 발버둥 치던 초짜 작가 시절이었다. 20년 정도 선배가 되는 사람이 찾아온 적이 있었다. 자신이 쓴 소설을 봐달라는 거다. 지도 교수의 소개로 온 것이라 아주 무시할 수도 없었다. 그러겠노라 했더니 A4 용지로 약 3천 장 정도 되는 분량의 원고를 내놓는 것이 아닌가. 장편소설 분량이라고 했다. 그걸 봐줄 수는 없다는 나의 거절에 그는 얼굴이 굳으면서 후배가 되어서 선배가 소설을 썼다면 열정과 감동으로 봐줄 수도 있는 것 아니냐고 다그쳤다.

나는 동대문에서 포목상을 하는 그가 알아듣게 비유해서 이야기했다. 옆 가게에 잠깐 가게를 맡기고 손님과 함께 커피 한

잔 마시러 다방에 갈 수 있냐니까 그는 그럴 수 있다고 했다. 얼마든지 가능하다는 거였다. 그러면 한 달간 가게를 맡기고 부부가 함께 유럽 여행을 다녀오실 수 있느냐니까 그건 불가능하다는 거다. 마찬가지로 짧은 글 한두 편을 봐줄 수는 있다. 그러나 장편소설 열 권 분량을 다 읽고 감수해주는 일은 절대 열정으로 할 수 있는 일이 아니다. 보람이나 감동, 또는 선후배 간 의리로 해줄 수 있는 일도 아니라고 했다. 무지한 선배는 붉으락푸르락하며 원고를 싸가지고 돌아갔다.

나는 글 쓰는 일을 사랑한다. 작가로서 글을 쓰고 그 글로 먹고사는 것은 정말 보람 있다. 미약한 분야에서 최선을 다했고 그것이 나의 생계를 책임질 뿐만 아니라 누군가에게 도움이 될 수도 있다. 세상을 조금이나마 바꾸는 효과도 있기 때문이다. 보람이란 이런 것이다. 세상과 내가 하나가 되는 느낌.

청년들이 무급으로 봉사를 하는 것도 마찬가지다. 자신의 땀과 노력이 세상을 조금은 나은 곳으로 만들며 자신의 자존감을 향상시키는 것. 이것은 돈 주고 살 수 없는 귀한 일이다. 그 보람을 위해서 청년들은 밤을 새우고 땀을 흘린다. 이런 보람을 먹고 청년들은 성장한다.

그런 청년들의 노력과 희생을 개인의 영리에 이용하는 것을 우리는 열정 페이라고 말한다. 열정을 가지고 보수가 없더라도 일하라는 것이다. 그 유혹의 대가는 보람 대신 불투명한 미래의 바늘구멍만한 가능성과 보상이다. 수많은 열정 페이의 경쟁 속에서 고작 한두 명에게 주어지는 지점장이 될 수 있는 권한은 미끼다. 이걸로 수많은 사람의 무제한의 열정을 강요한다. 열정과 노력을 빙자하여 보람과 땀을 착취하는 것이다.

젊은이들의 열정과 땀은 개인의 배를 불리라고 있는 것이 아니다. 그들이 더욱 성장하고 그 경험을 통해 보다 나은 미래를 준비하도록 만든 것이다. 열정 페이를 강요하는 갑들의 행태는 자신의 이익이 열정이며 보람이라는 착각에서 시작된다. 가족을 책임지며 고통을 참는 운전기사를 폭행하며 갑으로서의 지위를 즐긴다. 묵묵히 시간 외에도 열심히 일하는 청년들을 바라보며 자신의 통장 잔고가 올라가는 것을 흐뭇해한다. 보람과 열정은 결코 개인의 사사로운 이익을 채우는 데 이용되어선 안 된다. 그것은 착취이며 기만이고 용서받을 수 없는 도둑질이다. 자신도 그러했으니 너희도 하라고 강요할 수는 더더욱 없다. 보람과 열정의 출발은 자의성에서 시작되는 것이기에 그렇다.

나에게 소설을 봐달라 하던 선배는 나의 문학에 대한 열정을 자신의 작품을 향상시키는 곳에 쓰겠다는, 그것도 공짜로 이용하겠다는 불순한 의도로 접근한 거였다.

열정을 팔지 않아도 나의 실력과 능력으로 품삯을 받아낼 수 있으려면 포기하지 않는 노력과 미래에 대한 준비만이 필요하다. 그렇기에 나만의 실력과 나의 능력을 기르는 것 그것만이 열정 페이와 갑질 횡포를 깨부술 수 있는 무기라 할 수 있다. 갑질 문화 속에서 열정 페이를 강요하는 이 사회에서 나만의 보람을 찾는다는 것은 어렵다. 하지만 포기해선 안 된다.

한 달 뒤 그 선배는 다시 나에게 보수를 주겠노라고 원고를 들고 찾아왔다. 나는 적절한 금액을 받고 원고를 봐주었다. 그 일에 보람은 없었다. 오로지 품삯만이 있을 뿐이었다. 그래도 나의 열정을 싼값에 무료로 넘기지 않았다는 자존감은 남았다.

도서관도
홍보하자

 서울 근교의 작은 도서관에 강
연을 하러 갔을 때의 일이다. 담당 사서가 죄송해 어쩔 줄 모르
겠다는 표정으로 다가와 말했다.

"선생님, 죄송해요. 오늘 강연에 사람들이 많이 오지 않았어
요. 저희 홍보가 부족했나 봐요. 어쩌죠?"

강연 장소에 들어가 보니 200석 규모의 강당에 100여 명 정
도만 자리를 차지하고 있었다.

"날씨가 좋아서 다들 놀러 갔나 봐요."

그날은 구름 한 점 없이 쾌청한 날이긴 했다. 이렇게 날씨 탓
을 하지만 사실 도서관 행사는 날씨가 좋으면 좋아서 흥행이 안

되고 날씨가 굳으면 불편해서 안 된다는 식의 자기 위안이 팽배해 있다. 그렇게 되면 결국 도서관 프로그램에 올 사람이 없다는 뜻이 되고 만다.

다행히 그날은 강연이 진행되면서 사람들이 속속 도착해 끝날 무렵 그런대로 객석에 빈자리가 별로 보이지 않는 알찬 행사가 되긴 했다. 자녀들을 데리고 오는 부모의 시간 관념이 희박한 이유도 있으리라.

그렇지만 나는 도서관도 이제 적극적인 홍보가 필요한 시대가 왔음을 느꼈다. 강연을 기획하면 도서관 측에서 하는 홍보는 대개 현수막을 걸거나 입구에 배너를 세워 놓고 언제 누가 강연을 하니 찾아오라는 지극히 소극적인 것들뿐이다. 눈여겨보는 도서관 이용객 가운데서도 그 행사에 관심이 있고 시간이 나는 사람만 오게 되니 담당자는 늘 노심초사다.

또 다른 해프닝도 있다. 경기도의 어느 도서관에 강연을 가서 주차장에서 시간이 되길 기다리고 있을 때였다. 아낙네 한 사람이 아기를 업고 도서관 입구에서 머뭇거리다 직원에게 다가가 물었다.

"저 이 동네 사는데요. 오가다가 많이 봤어요. 도서관 들어가려면 얼마 내야 돼요?"

충격이 아닐 수 없었다. 도서관은 공익적인 목적으로 입장료가 없고 책도 무료로 대출 가능하다는 사실을 그 아낙은 전혀 모르고 있었던 거다. 기본적인 상식조차 모든 사람에게 적용되는 것이 결코 아님을 다시금 확인할 수 있었다.

도서관의 역할과 의미는 아무리 강조해도 지나치지 않다. 그 이유는 도서관이 갖고 있는 사명과도 연계되어 있다. 그것은 한마디로 온 국민을 지혜롭게 만들기 위함이다.

세종대왕이 한글을 창제한 근본적인 원인은 그의 애민사상과 왕도정치, 그리고 유교적 이데올로기를 백성들에게 전파하고자 해도 무지몽매한 백성에게 전달할 길이 없었다는 데에 있다. 올바른 통치를 위해 수단이 없었던 것이다. 결국 그는 한글을 창제했고 그 한글로 백성을 교육시켜 조선의 찬란한 문명을 완성시키는 데 도움을 받았다. 관리들조차도 집에 가서 책을 읽게 했고 녹봉을 주었다. 세종대왕의 생각은 결국 백성을 지혜롭게 하는 길이 나라를 융성하게 하는 것이었다. 탁견이 아닐 수 없다.

그렇다면 도서관이 하는 행사나 도서관의 의미는 보다 더 적극적으로 커진다. 이용자 한 사람이라도 더 많이 오게 하고, 행사에 참여토록 하는 것이다. 그렇기에 공격적인 홍보가 필요하다.

홍보를 강화하라고 하면 일부 관료적인 관계자들은 예산이 없다는 소리부터 할지 모른다. 그러나 지금이 어느 시댄가. SNS

가 보급되어 있고 인터넷이 전 세계에 그물망처럼 촘촘히 짜여 있다. 작가인 나는 각종 네트워크를 통해 어디에 강연을 가니 관계자들이나 가까운 곳에 있는 사람은 들르라고 홍보한다. 그래서 관객의 대다수를 채우는 경우도 있다. 그럴 때면 도서관 관계자들은 깜짝 놀란다.

"선생님 광팬들이 이렇게 많아요?"

그들 모두가 내 광팬일 리가 없다. 작가에게 무슨 광팬이란 말인가. 그저 그들은 나와 소통하는 네트워크를 갖고 있어 강연이나 행사가 있다고 홍보를 하니 관심을 갖고 우연찮게 찾아왔을 뿐이다.

그래서 나는 꿈꾼다. 도서관 직원들도 저마다 수백 수천 명의 SNS 네트워크를 가지고 그것을 통해서 도서관 행사가 자연스럽게 관계와 관계 속에서 홍보되고 알려지기를……. 그럼으로써 한 사람이라도 더 도서관에 오게 되고 책을 읽거나 도서관의 알찬 행사 프로그램에 참여한다면 얼마나 좋을까. 홍보는 아무리 해도 지나친 것이 아니다.

굳이 돈을 들이지 않아도 마음만 있다면, 그리고 변화하는 시대에 발맞추어 따라갈 수만 있다면 도서관 홍보도 어렵지 않다. 이것이 온 국민을 지혜롭게 만드는 일에 앞장서는 것이라 생각하면 된다. 이제라도 도서관 직원들은 새로운 홍보 수단을 받아들이고 이용객 역시 자기가 다니는 도서관의 행사를 자랑스럽게 널리 알리는 도우미와 메신저가 되어야 한다.

사업을 하는 사람들이 얼마나 열심히 홍보에 전념하는지를 살펴보자. 그들만큼의 전투적인 노력은 아니어도 도서관과 작가와 이용자들도 역동적으로 도서관 행사를 홍보해야 한다. 이것이 결국 우리나라의 발전과 국민을 지혜롭게 만드는 길이기 때문이다.

지혜로운 국민이 사는 나라는 결코 망하지 않는다. 적극적 홍보는 그 실천 사항이다.

삶이 그러하기에
지식도 그러하다

 집안이 온통 먼지구덩이다. 이
사 온 지 10년 만에 방 세 곳에 쌓여 있던 책들을 정리하여 버렸
다. 대학에 들어와 박사과정을 마칠 때까지, 그리고 작가가 되어
30년간 270여 권의 저서를 쓸 때까지 이 많은 책이 내 지식의
뒷받침이 되어주었다. 이번이 벌써 두 번째 책 정리다. 10여 년
전 작업실을 철수하여 집으로 들어올 때 엄청난 양의 책을 버
리고 간추렸다. 그런데 다시 10년 만에 방 세 개가 가득 차게 된
것이다.

책을 버리기 위해 나는 선별 작업을 시작했다. 한때 그렇게
애지중지하던 나의 친구였던 책들. 이제 펼쳐보면 낡았다. 책의

외양만이 아니라 내용까지 유효 기간이 지났다. 당시엔 핫했지만 지금은 이미 오래된 학설, 낡은 정보가 가득 담겨 있다. 언젠간 쓰리라, 반드시 자료로 활용하리라, 그런 마음으로 보관해두었던 책들이 한 번도 들춰보지 못한 채 사그라드는 걸 보면 비애가 앞선다. 책에게 문득 미안해진다.

새로운 원고를 쓸 때는 책장에 꽂혀 있는 책을 꺼내서 보는 것이 아니다. 최신 정보를 위해 인터넷 사이트를 뒤진다. 서점 홈페이지로 들어가 최근에 나온 책들을 검색하여 구매한다. 지나간 지식, 세월이 흐른 지식은 더 이상 유용하지 않은 경우가 많기 때문이다. 이렇듯 지식은 끊임없이 새롭게 변신하며 우리에게 다가온다.

어린 시절만 해도 즐겨 읽던 소년 잡지에서는 공룡이 멸종한 이유를 여러 가지로 들었다. 알 수 없는 병균의 전파, 화산의 폭발. 포유류의 습격. 그리고 운석의 충돌. 이런 것들이 가설로 이야기되고 있었다. 진실이 밝혀지지 않았기 때문이다. 그러나 지금은 운석의 충돌로 인해 빙하기가 왔고 공룡들이 멸종했다는 것이 정설이 되었다. 지식이 수정되고 새롭게 확정되었다. 이러니 내 방을 가득 채우고 있는 수십 년 된 책들은 어느새 자신도 모르게 그 유용성에서 밀려날 수밖에. 생로병사로 인간들이 이 세상에 왔다가 가듯 새로운 지식은 끊임없이 생겨나고 발전하며 심화되어갔다. 지식 역시 사람의 유기체적인 속성을 닮았다.

노인들을 만나면 우리는 그들 대부분이 과거 이야기만 끝없이 리플레이하는 것을 보게 된다. 지식과 경험이 정체되었기 때문이다. 사람이 늙었나, 젊었나를 보는 것은 결국 그가 과거에 머물러 있느냐, 현재에 발 딛고 미래를 보느냐이다.

나는 두렵다. 나의 지식이 화석으로 변하는 것이. 그것은 곧 나의 시야가 좁아졌다는 것이고, 나의 관점과 패러다임이 굳었다는 의미이기 때문이다.

나는 지식산업에 발붙여 먹고산다. 책을 쓰고 강연을 다니고, 각종 회의나 심사를 하며 나의 지식과 경험을 통해 이 세상에 이바지하면서 생계를 유지한다. 지식의 멈춤, 혹은 고여 있음은 곧 내 생존의 위기다. 그렇기에 살아 있는 지식, 생생한 지식을 누구보다 먼저 취하기 위해 필사적인 노력을 하고 있다.

나의 문제인 장애만 해도 그렇다. 애초에 장애의 정의는 무엇이었을까? 유엔은 장애의 정의를 끊임없이 변화시켰다. 맨 처음 개념은 당연히 신체적인 손상을 뜻했다. 팔다리에 문제가 생기거나 없어지는 것이다. 누가 봐도 장애인임을 알게 하는 그 결핍. 그것이 장애의 정의였고 과거 지식이었다. 그러다 1977년 세계보건기구는 장애에 대한 범주를 새롭게 수정해서 발표했다. 기존 지식만으로 설명할 수 없는 장애가 생겼기 때문이다.

그동안 알고 있던 손상만이 장애가 아니라 활동을 제대로 못하는 것도 장애로 보았다. 소위 말하는 히키코모리(은둔형 외톨이)처럼 방에 틀어박혀 활동하지 않는 자들도 이 범주에 들어갈 수 있다. 그리고 참여에 문제가 발생하는 것도 장애였다. 엄밀히 말하면 피부색이 달라서, 또는 따돌림을 받아서 주류에 끼지 못하면 큰 의미에서 장애가 되는 거다. 게다가 2001년부터 장애인 주위 상황까지도 염두에 두기 시작했다. 장애는 사회적 인식이나 편의 시설 없는 공공건물 등 사회 환경의 제한으로 발생하게 된다는 거다. 이런 기준을 다 적용했을 때 하나라도 장애가 있으면 그 사람을 장애인으로 부르게 된다.

지식은 이처럼 끊임없이 현상에 맞춰나가며 새롭게 변화, 발전한다. 삶이 그러하기 때문이다. 나 역시 작가로서의 내 삶을 지식의 변화에 맞추고 있다. 4차 산업혁명에 적응하기 위해 인공지능을 활용하고 있다. 이 원고 역시 음성인식 기능에 도움을 받아 쓸 정도다. 백면서생에 불과한 작가인 나도 이렇게 새로운 지식의 변화를 좇으며 노력하고 있는데 다른 사람은 말해 무엇하겠는가.

치열한 지식 전쟁에서 변하지 않을 가치와 진리는 과연 무엇일까. 변치 않는 것은 결국 시간의 흐름이 아닐까. 이 세상에 생겨난 모든 것은 결국 사라진다는 진리. 지식도 그러하다.

책들을 고르고 묶어서 내놓으며 나는 화석화한 옛 지식이 지나가는 파지 수집 노인들의 작은 용돈벌이라도 되면 좋겠다고 생각했다.

내가 힘든 만큼
남을 긍휼히 여겨야

 대전에서 강연을 두 개 마쳤다. 오전과 오후에 하나씩. 한 지역에 가서 연거푸 두 번을 강연하고 오게 되면 왠지 기분이 좋다. 교통비 한 번 들여서 강연을 배로 했기 때문에 강연료도 그만치 많아지기 때문이다. 강사들 사이에서는 이런 걸 전문용어(?)로 일타쌍피라고 한다.

대전역 앞에서 나를 태워준 강연 주최자에게 곧바로 혼자 가겠다고 했다.

"아니, 선생님 대합실 안에 들어가시는 것까지 제가 봐야죠."

"아닙니다. 여기서 내려주세요."

나는 번거롭게 주차장까지 들어가서 나를 내려주는 것을 싫어한다. 길가에만 자동차를 대주면 알아서 잘 갈 수 있는데.

"괜찮겠습니까?"

주최자는 몇 번이고 확인했다.

"아무 문제 없어요."

트렁크를 열고 휠체어를 꺼낸 뒤에 내가 앉을 수 있게 도와준 뒤 그는 황황히 떠났다. 나는 가방을 목에 메고 휘파람을 불며 대전역 광장에서 엘리베이터를 향해 휠체어를 굴렸다. 울퉁불퉁한 길을 지나 엘리베이터 앞에 도착하자 버튼을 누르고 있던 노파가 나를 유심히 쳐다봤다. 문이 열려 노파를 뒤이어 내가 타자 한심하다는 표정으로 날 보며 말했다.

"그 몸을 해가지고 뭐가 좋다고 휘파람을 불어?"

나는 미소를 지으며 노파를 살펴보았다. 검버섯이 덕지덕지 앉은 얼굴에 흰머리를 빠글빠글 파마한 노파는 어디서나 볼 수 있는 삶에 찌든 피곤한 노년의 모습이었다.

"오늘 대전 와서 돈도 많이 벌고 가는데 기분 좋지요."

나는 짐짓 쾌활하게 대답했다.

"아이구, 우리 영감은 5년째 자리보전해 가지고 죽지도 않고 속만 터져요."

"할머니가 고생이 많으시군요."

"성치도 않은 몸에 얼마나 힘들어요?"

엘리베이터 안에서 대화를 나눌 수 있었던 건 대전역 엘리베이터의 속도가 빠르지 않았기 때문인지도 모른다. 기차표를 끊고 대합실에서 승차 시간을 기다리며 곰곰이 생각했다. 장애인들은 늘 불안할 거라는 생각, 장애인은 기쁜 일이 하나도 없을 거라는 생각. 그것부터가 편견이고 그것부터가 차별이다.

아우슈비츠 수용소에 수감되었던 빅터 프랭클린은 『죽음의 수용소에서』라는 자신의 책에 이렇게 썼다. 하루의 노역을 마치고 수용소에 돌아오면 상쾌하며 보람을 느꼈다고. 언제 죽을지 모르는 수용자들조차도 순간순간의 삶에서 희열을 맛본다.

장애인 역시 마찬가지다. 따지고 본다면 어느 인생이 짐 지고 피곤하지 않은가 말이다. 자신이 힘든 만큼 남을 긍휼히 여기는 마음 또한 필요하다. 자신이 행복하거나 기쁜 만큼 남도 그럴 수 있다는 마음, 한마디로 역지사지가 요구된다. 노파는 그런 생각을 못하고 자기 남편의 자리보전으로 인해 자신의 삶이 모두 다 망가졌다고 생각하는 것 같았다.

생로병사는 자연의 섭리다. 누구도 거스를 수 없다. 거스를 수 없는 데서 우리는 순간순간 삶의 기쁨을 최대한 맛보며 살아야 하지 않는가.

주입식도
필요하다

 '태정태세문단세……' 이게 무엇인지 모르는 사람은 거의 없다. 조선왕조 왕의 이름을 순서대로 외우는 것이다. 학교 다닐 때 이것을 한 번쯤 읊조려보지 않은 사람은 드물다. 우리가 학교 다니던 시절에는 배우는 지식 대부분이 암기해야 할 것들이었다. 외국어의 경우는 암기하는 것이 당연하다. 남의 나라 말을 깨우치려면 외우는 수밖에 없기 때문이다. 나 역시도 중·고등학교 때 배웠던 영어 문장들을 지금까지 뜯어먹으며 외국 사람들을 만나 대화를 나누기 때문이다.

그런데 그 뒤에 우리에겐 창의성이 부족하다고, 어느 날 어느 순간부터 주입식 교육은 악마의 교육으로 변해버렸다. 배우게 하거나 가르쳐주는 것을 일방적으로 흡수하는 것은 아주 나쁜 것이라고 여기는 풍조가 퍼져나갔다. 심지어 과거에는 열린 교실이라며 복도와 교실 사이를 터버린 곳도 있었다. 담벼락으로 막아놓고 지식을 가르치는 것이 좋지 않기 때문에 열린 마음으로 교실을 운영해야 한다는 것이다. 교육이 뭔지 모르는 자들이 하는 행태라고 생각했는데, 아니나 다를까 얼마 지나지 않아 다원상 복구되고 말았다.

창의성을 강조하는 학교, 혁신한다는 학교에도 강연하러 많이 가게 된다. 창의성으로 따지면 대한민국에서 둘째가라면 서러운 사람이 나다. 책을 270권 발간했을 뿐 아니라 지금도 끊임없이 새로운 이야깃거리를 만들어내고 있다. 그렇다고 주입식 교육에 반대하는 사람인가? 그렇지 않다. 인간이 익혀야 할 기본 지식은 외우는 수밖에 없다. 우리의 모국어인 우리말도 결국은 낳고 자라면서 주위에서 주입되어 내 안에 자리를 잡은 것이다. 이 세상의 지식은 아직도 대다수는 암기가 유용하다. 최소한의 지식을 암기해야 우리가 생활하는 데 불편함이 없다.

게다가 모든 사람이 왜 피곤하게 창의적이어야 하는가? 지식은 상당수를 암기하여 삶에 적용시키라고 있는 것이다. 그렇게 암기를 통해 삶에서 지식을 실천하다 보면 어느 순간 창의성이 나오는 법이다. 지식의 한계를 느낄 때 비로소 나오는 것이 창의성이지, 기초부터 창의성을 넣어줄 수 있는 방법이란 없다.

내가 작품을 쓰고 끊임없이 창작력을 불사를 수 있었던 것도 수없이 많은 선인의 지식과 이야기를 책을 통해 받아들이고 배우면서 머릿속에 집어넣으려 했던 노력 때문이다.

장애인의 반대말은 비장애인, 우리나라 등록 장애인의 수는 약 250만 명, 장애인의 종류는 15개, 장애인을 돕는 법: 먼저 도움이 필요한지 물어보고 거절하면 그냥 간다…… 이런 지식은 따질 것 없이 암기해서 몸에 배야 나오는 것이다.

그래서 나는 암기 학교를 하나 만들었으면 좋겠다는 생각이 든다. 창의적인 교육을 한다고 우리가 알고 있는 미국에서도 어린이들은 50개의 주마다 주도가 어디인지를 노래처럼 만들어 암기한다.

새크라멘토 캘리포니아, 피닉스 아리조나, 산타페 뉴멕시코…….

나의
미래 전략

　　　　　　　　　　　　　동료 시인 한 사람은 어린 시절
너무나 가난했다고 한다. 청계천 뚝방에 판잣집을 짓고 사는데
파리들이 달라붙어서 정신이 없었을 정도였단다. 그러다 장마
철에 홍수라도 나면 청계천 물이 차올라 집을 버리고 뚝 바깥으
로 나가 있다가 물이 빠지면 다시 들어와 집 안에 있는 오염물
질을 닦아내고 그 자리에서 다시 잠을 잤다는 이야기를 들으면
남의 나라 이야기만 같았다.

　그럴 때마다 달려와주는 고마운 존재가 적십자였다고 한다.
빨간색의 십자가를 보면 안도가 되면서 그들이 자신들을 도우
러 온 존재들이라는 사실에 감사한 마음이 들었다고 했다. 가난

한 형편의 그였지만 어른이 된 뒤에도 적십자 회비는 열심히 낸 다는 말을 듣고 나는 생각했다.

일제강점기의 방정환 선생은 어린이날을 제정했다. 그리고 어린이들에게 축제를 열어주고 어린이들이 읽을 만한 동화책을 발간했다. 잡지도 펴냈다. 일본에게서 독립이 희망 없다고 생각 하던 시절의 일이다. 어린이라는 말도 없어서 아이놈이라 불렀 다. 이런 시절에 방정환 선생의 행동은 얼마나 선진적인 사고방 식이던가.

방정환 선생은 어린이들을 단순히 성숙하지 않은 자로 보지 않았다. 미래 국가 독립을 위해 싸울 수 있는 인재이며 미래의 독립투사로 보았다. 결국은 그 어린이들이 미래 사회의 주축이 기 때문이다.

간혹 축제라든가 행사를 여는 지자체를 가게 된다. 대부분의 행사가 어른 위주다. 어린이나 청소년을 위한 행사 축제 마당은 거의 없다. 있다 해도 그저 구색 맞추기다. 행사의 결정권을 어 른들이 갖고 있으며 돈지갑도 그들의 것이 열려야 하긴 하지만 멀지 않은 미래를 내다보지 못하고 있는 것이다.

어린이, 청소년 행사는 정말 중요하다. 어른들은 시간이 흐르 면 사라지고 이들이 사회를 이끌어간다. 사회복지가 되었건, IT 산업이 되었건, 모든 분야에서 청소년에게 주목해야 하는 이유가 바로 그것이다.

　내가 동화와 청소년 책을 쓰는 이유도 그 때문이다. 내 글을 읽고 성장하여 어른이 되었을 때 장애인을 차별하지 않도록. 아니 그때 어른들은 전부 내 글의 영향으로 장애인들을 배려하는 사람이 될 수 있도록 하는 것이 나의 미래 전략이다.

　아동교육이 중요한 이유도 바로 이 때문이다. 희망적인 미래를 만들려면 아이들에게 투자해야 하고 그들을 기르는 일에 종사하는 사람들을 우대해야 한다. 흰 도화지처럼 맑은 영혼에 아롱다롱한 수채화를 그리듯 좋은 것을 보여주고 경험하게 해준다면 그 그림은 오래도록 지워지지 않을 것이다.

진정한
삶의 완성

  내가 어렸던 시절엔 우리나라 곳곳에 미국 국기와 한국 국기를 그려놓고 두 손이 악수하는 로고가 많이 보였다. 물건은 말할 것도 없고, 건물 입구의 머릿돌 같은 것에도 이 그림이 여기저기 그려져 있었다. 나중에 알고 보니 미국이 한국에 원조 물품을 보낼 때 그렇게 악수하는 로고를 새겨서 보내주는 거였다.

우리나라는 세계에서 가장 가난한 나라 중 하나였다. 내가 어렸던 1960년대에는 그 가난에서 채 벗어나지 못하고 있던 시절이었다. 밥 굶는 사람들이 즐비했고, 학교에 도시락을 싸오지 못해 물로 배를 채우는 아이들이 많았다. 도시락을 나눠 먹기도 하고, 가난한 아이들에게는 옥수수빵을 학교에서 배급했다. 각종 구호물품들이 미국에서 들어왔다.

다행히 경제개발이 되면서 이제는 가난했던 우리가 남을 도와주게 되었다. 전 세계 구호기관이 우리나라에 물건들이나 돈을 보내주었다. 유니세프의 도움으로 가루 우유를 먹던 우리나라가 이제는 유니세프 후원자만 32만 명이고 922억 원의 기부금을 내서 전 세계 4위라고 한다. 도움을 받다가 남을 돕게 된 유일한 나라가 우리나라라고 하니 무척 자랑스럽다.

어린 시절, 내가 목발을 짚고 길가에 나가 동네 친구들과 놀고 있노라면 지나가던 할머니나 아줌마들이 10원짜리 지폐를 손에 쥐어주곤 했다. 내가 거지가 아니라고 해도 왠지 장애가 있는 사람에게는 돈을 주어야 할 것 같다는 느낌이 드는 모양이었다. 물론 그 돈을 나는 친구들과 나눠 함께 물건을 사서 쓰기도 하고 까먹기도 했다. 그러면서도 나는 절대 도움 받으며 사는 사람이 되지 않겠노라 결심했다.

존 스타인벡은 『분노의 포도』에서 이렇게 썼다. 한 번 도움을 받기 시작하면 그 도움에서 벗어날 수 없다고. 도움을 받거나 누군가에게 구호를 받는 건 자존감을 낮추는 행동이고 자립심을 떨어뜨린다는 의미다.

그렇다. 진정한 자립과 진정한 독립은 자신의 생계를 자신이 유지하는 것이고 남의 도움을 받지 않는 상태에서 삶을 영위하는 것이다. 성경에도 나온다. 시작은 미약하나 끝은 창대하리라고. 나는 진정한 삶의 완성은 도움 받은 자가 남을 돕는 거라고 생각한다. 도움 받은 자가 영원히 도움을 받아야 한다면 그 삶은 얼마나 팍팍한가. 재미없다. 진정 통쾌하고 멋진 순간은 쥐구멍에 볕이 드는 것이고, 굴러온 돌이 박힌 돌 빼내는 것이며, 도움 받은 사람이 스스로의 힘으로 벌떡 일어나는 것이 아니겠는가. 그런 세상을 만드는 것이 우리들 모두의 공동 목표이다.

달리는 광고판
나의 자동차

 "이번에 나오는 책 광고용 스티커 하나만 만들어주세요."

"네? 어디에 쓰시게요?"

"내 차에 붙이게요."

출판사 직원이 눈을 동그랗게 뜨고 나를 바라보았다.

"뭐 이상합니까?"

"아니 작가님이 광고를 차에 붙인다고 하셔서요. 그런 건 저희 출판사 직원들도 잘 하지 않거든요."

"아 그래요? 저는 차 타고 사방팔방 돌아다니기 때문에 광고 효과가 있을 거라고 생각하는데요."

"네, 아무튼 만들어 보내드리겠습니다."

며칠 뒤 출판사에서 책 광고 스티커가 날아왔다. 그날로 내 차의 양옆 차체와 유리창에 이 스티커를 멋지게 붙였다.

글 써서 먹고사는 나는 항상 고민하는 것이 좋은 작품을 쓰는 것과 어떻게 하면 이것을 널리 알리는가다. 홍보에 목숨을 걸어야 하는 현재는 마케팅의 시대인데 작가인 내가 할 수 있는 것이 별로 없다. SNS를 이용한다거나 지인들에게 문자를 보내는 것들은 너무 시시했다. 아는 사람들만 계속 괴롭히는 것 같았다. 이것 말고 불특정 다수에게 내 책을 알리고 홍보할 수 있는 방법이 필요했다. 그러던 어느 날 나는 지나가는 승합차가 자신의 회사 제품 스티커를 붙인 걸 보게 되었다.

'바로 저거다.'

그렇게 하여 나는 책을 낼 때마다 내 차에 홍보 스티커를 붙이기로 결심했다. 이래 봬도 나는 전국에서 강연을 해달라고 부르는 나름 유명 강사(?) 아니던가. 서울 경기 지역은 내가 직접 차를 운전해서 간다. 고속도로나 국도를 이용해서 가다 보면 하루에도 수백 수천 대의 자동차들이 스쳐 지나가며 내 광고판을 보게 된다. 이 얼마나 멋진 아이디어인가. 게다가 지방에서 강연할 때는 비행기를 이용하는데 공항 주차장에 차를 하루 종일 세워두게 된다. 유동 인구가 엄청난 길목에 내 차를 세워두면 알아서 그곳에서 입광고판 노릇을 하는 셈이다. 비싼 주차 요금을 일부라도 회수하는 일거양득의 방법이 아니겠는가.

광고 스티커를 부착하다 보니 부작용도 있었다. 같이 토크쇼를 하는 가수는 내 차를 보더니 나이트클럽 광고 같다고 배를 잡고 웃는 것이 아닌가. 하지만 나는 오히려 그 말이 칭찬으로 들렸다. 그렇다. 나이트클럽 광고같이 보이게 하는 것이 정말 내가 원했던 것이기 때문이다. 한 사람이라도 더 주목할 수 있지 않은가 말이다. 출판사 사람들은 이걸 보면 혀를 내두른다.

"선생님, 영업부 사람들도 이렇게 못합니다."

영업부 직원들이야 월급을 받지만 나는 책을 팔아야 먹고 살 수 있다. 내 자동차야말로 최고의 광고판이다. 고맙게도 내 차는 승합차라 옆면에 붙일 공간이 많다. 신간이 나올 때마다 이 책 저 책 붙이고 다녔다.

웃지 못할 해프닝도 있다. 가끔은 경계가 삼엄한 지역을 지나갈 때도 있다. 예를 들면 청와대 앞길은 시내가 복잡할 때 지름길 역할을 한다. 최단 거리를 이용하려고 진입하면 경비하던 경찰관들이 허둥지둥 내 차를 막는다. 울긋불긋하게 뭔가를 차체에 붙였으니 혹시 선동 문구나 격한 구호일까 해서 쳐다보는 것이다. 나는 씨익 웃으며 그들에게 말한다.

"내가 쓴 책 광고예요."

멋쩍게 웃으며 통과시켜주지만 요소요소에 서 있는 경호원들마다 내 차를 눈에 불을 켜고 쳐다본다. 정말 광고 효과 만점이다.

자동차는 생활 편의 도구다. 어떤 사람은 사치품으로, 어떤 사람은 친구로, 또 어떤 사람은 신분을 과시하기 위해 탈지 모르겠다. 특별히 나에게 자동차는 재활도구다. 내가 가고 싶은 곳을 어디든 데려다주는 자동차는 정말 고마운 나의 친구다. 언제든 나를 편안하게 감싸주기 때문이다.

지방에서 힘들게 강연을 마치고 밤늦게 주차장에 혼자 서 있는 차에 다가가면서 나는 말을 건넨다.

"나 왔다. 기다리느라 고생했지."

시동을 켜고 움직이면 차는 반갑게 날 맞아준다.

"홍보 많이 했지? 고마워."

대답은 없지만 그러했으리라고 나는 믿는다. 자동차는 내 책을 알리고 내 생계에 도움을 주는 동반자다. 감사 인사를 전하지 않을 수 없다. 책처럼 무거운 짐도 얼마든지 싣고 다니며 학생들이나 청중들에게 나눠줄 수 있게 한다. 수없이 많은 사인지도 싣고 다니다 나눠줄 수 있게 해준다. 내가 큰 차를 선호하는 이유는 바로 그것이다. 내가 운전하고 다닐 수 있는 그날까지 내 자동차에는 광고판이 항상 붙어 있을 것이다. 길 가다 혹시 울긋불긋하게 책 광고를 붙인 자동차를 보거든 손 한 번 흔들어 주기 바란다. 작가인 내가 자동차와 동업하면서 어딘가로 가고 있는 것이기 때문이다.

그런데 아뿔싸. 새 책이 나와 옛날 스티커를 떼어내려니 완전히 밀착 스티커로 만든 게 아닌가. 접착이 자유로운 스티커로 만들어달라는 말을 빼먹은 것이다. 에라, 모르겠다. 그 위에 나는 새로운 스티커를 붙였다. 좀 지저분해져도 자동차는 나에게 원망하지 않을 게다. 자동차는 영원한 나의 친구이자 나의 동업자이니까.

4

나눔은 무한 복제가 가능한
디지털이다

눈에 드러나는 장애만이 문제가 아니다.
고립되어 있고, 이 사회에 참여하지 못하며
활동이 어려운 자들도 큰 범주에서 보면 장애인이 아니던가.
외로운 우리, 지금이라도 마음을 열고 소통해야 한다.
바로 내 곁의 사람들과…
나의 작은 부분이라도 떼어주면
어려운 사람들에게는 그것이 전부일 수 있다.

친구 배달 기사

"역시 자연산 활어가 최고야!"

시화에서 치과를 하는 이 원장이 낼름 회 한 점을 입에 넣으며 말했다. 이 횟집 주인은 자신이 직접 배 타고 나가 잡은 물고기를 단골손님들에게만 주기 위해 두어 시간 전에 주문진에서 달려왔다는 거다.

나와 몇몇 고교 동창은 그렇게 경기도 바닷가 어느 허름한 횟집에 모여 맛있는 자연산 회를 즐겼다. 고등학교 때 누가 누구와 싸웠다는 둥, 담임 선생님이 자기만 미워했다는 둥. 오랜 추억담이 안주와 함께 목구멍으로 술술 넘어갔다. 이윽고 모두들 집으로 돌아가야 할 시간. 택시를 잡으려는 친구들에게 운전대를 잡은 내가 말했다.

"얘들아, 타라. 내가 집까지 배달해줄게."

그렇게 나는 친구 배달 기사가 되었다.

휠체어를 타야만 움직이는 나는 조금의 음주 운전도 절대 할 수가 없다. 자동차가 내 다리나 마찬가지기 때문이다. 이런 모임에서는 그저 친구들 분위기를 맞춰주기 위해 맹물을 마신다.

나는 혼자 힘으로는 학교를 다닐 수가 없었다. 나에게는 늘 가방 들어주는 친구들이 있었다. 내가 학교를 한 번 간다는 건 수십 번 신세를 지는 거였다. 업어주는 친구, 물 떠다 주는 친구, 심부름 해주는 친구……. 그래서 나는 작가가 된 지금도 책에 사인을 할 때면 '장애인의 친구가 돼주세요'라는 구절을 꼭 쓴다. 장애인에게 친구가 되어주는 건 더할 수 없이 소중한 배려고, 나눔이고, 같이 있음이기 때문이다.

그렇게 나는 중고등학교를 특수학교가 아닌 일반 학교를 다녔다. 일반 학교를 다녀 나는 사회에 적응할 수 있었고, 지금은 작가로서 강연자로서 전국을 누비며 활기차게 생활하고 있다. 결혼해서 자녀도 셋을 두었고, 사회적으로 부끄럽지 않은 삶을 살고 있다. 작은 이익이라도 생기면 이웃과 나눔을 실천하고 그로 인해 보건복지부에서 주는 이달의 나눔인 상도 받고, 사람들에게 감사 인사도 듣는다. 이 어찌 기쁘고 행복하지 아니한가. 육체적으로 가장 미천했던 내가 정신적으로 가장 풍족한 자가 되어가고 있다. 친구들과 만나면 나는 항상 그들을 위해서 봉사한다. 과거에는 그 친구들이 나를 업어주었지만 이제는 내가 그들을 내 차에 태워 다닐 수 있으니 얼마나 기쁘고 고마운 일인가.

군포에 도착해서 친구 한 명을 내려줄 때쯤 되자 술 냄새 폴폴 풍기는 녀석이 물었다.

"아이 고 박사. 자네는 왜 이렇게 몸도 안 좋은데 우리를 도와주는 거야? 미안하게."

"야야, 그런 소리 하지 마. 내가 너희들 아니었으면 오늘날 여기에 있지도 못했어. 너희들이 나를 업어주고, 도와주고, 친구로 받아들여줬잖아. 그 덕에 내가 공부해서 사람 구실을 하는데 은혜를 갚아야지."

순간 차 안에는 정적이 흘렀다. 의료기상을 하는 나 사장이 울컥한 목소리로 말했다.

"고 박사. 우리가 어렸을 때 그런 생각하고 도와준 거 아니야. 친구니까 도운 거지. 너무 감동적인 이야기지만 그렇게 말하면 우리가 미안하잖아."

갑자기 분위기가 숙연해졌다. 이런 분위기를 만들었으니 푸는 것도 나여야 한다.

"야야, 그렇다고 소설가의 말을 너무 곧이곧대로 믿지는 마라."

"뭐? 으하하하!"

순간 차 안에 왁자지껄한 폭소가 터졌다.

나에게 있어 나눔은 디지털이다. 무한복제해서 주어도 내 것이 사라지지 않는……. 그리고 행복을 전파하여 주위 사람들이 기뻐하면서 나의 즐거움도 더욱 풍성해지는 나눔. 나눔은 가진 자의 여유, 있는 자의 자기만족이라는 생각은 이제 버릴 때도 되었다. 누구나 실천할 수 있는 나눔과 배려, 결국은 나를 위한 것이기 때문이다.

기분 좋게 군포로 인천으로 목동으로, 친구들을 내려주고 집으로 돌아오는 친구 택배 기사인 나의 귀갓길이 그 어느 때보다 행복했다.

보고픈
조기준 선생님께

 선생님 하늘나라에서 편히 계시나요? 어느새 저는 넬모레 환갑을 바라보는 나이가 되었습니다. 창천초등학교 6학년 4반 담임이셨던 선생님. 교실 바닥을 기어다녀야 하는 제자를 차별이나 편견 없이 바라봐주시던 선생님이 그립습니다.

저는 지금도 또렷이 기억합니다. 그때 우리 반은 일제강점기에 지은 교사의 2층에 있었지요. 1반만 1층이고 나머지 12반까지는 2층에 배치되었는데 저에게는 화장실 다녀오는 게 큰 문제였습니다. 계단을 내려가 1층에 있는 화장실까지 힘겹게 기어다니는 걸 보신 1반 선생님이 자신의 반으로 옮기라고 말씀하셨습니다. 그때 그 이야기를 선생님은 나에게 전하셨지요.

"정욱아. 1반으로 가련? 나는 안 갔으면 좋겠다만."

선생님의 그 말씀에는 제자에 대한 사랑이 담겨 있었습니다. 선생님이 좋아서, 아니 친구들이 좋아서 저는 그대로 4반에 있겠다고 했지요. 그 뒤 선생님은 복도나 마룻바닥을 왁스로 칠하는 일을 시킬 때도 저에게 특별한 지시가 없었습니다. '정욱이 너는 빠져'라든가 '너도 해'라는 말씀이 일체 없었습니다. 저는 아이들과 함께 복도에 주저앉아 왁스와 마른걸레로 바닥을 광나게 닦으며 즐거웠습니다. 장애가 없는 아이들과 함께 뭔가 일을 한다는 것은 저에게 큰 기쁨이었습니다. 그런 나를 일부러 외면하시며 못 본 체하신 선생님. 할 수 있는 건 하라는 뜻이었겠지요. 그런 마음이 제 가슴속에 자리 잡아 이 제자는 오늘도 전국의 학교, 교회, 기업에서 저의 살아온 이야기를 전하고 있습니다. 장애를 가졌지만 굴하지 않고 소명을 발견하여 최선을 다하는 인간의 모습으로 살고 있습니다. 이 모든 게 선생님이 보내주신 사랑 덕분입니다. 외면하며 지켜봐주신 그 시선. 그리고 다른 반에 가지 말고 내 제자였으면 좋겠다고 품어주시던 그 사랑. 어찌 제가 잊을 수 있겠습니까?

그 뒤 대학을 다닐 때 저는 우연히 선생님과 연락이 되는 친구를 만났습니다. 그 친구 말에 의하면 선생님께서 간암으로 돌아가셨다는 겁니다. 충격이었습니다. 그때 비로소 알았습니다. 선생님의 검은 얼굴은 건강 상태가 좋지 않다는 걸 말해주었음을.

선생님, 왜 조금만 더 살아 계시지 않으셨습니까. 제자가 잘되어서 모시고 다니면서 맛있는 것도 대접하고, 자랑스러운 모습 보여드릴 수 있었는데. 진작에 찾아뵈어야 했는데. 저 살기 바쁘다고 미루다 결국 선생님을 더 뵙지 못했습니다. 이런 부끄러운 제자가 인간다움에 대해 떠들며 온 세상을 돌아다닙니다. 고개를 들 수가 없습니다. 선생님, 부디 편안히 계십시오. 죄송합니다.

하지만 이 죄송한 마음을 담아 이 세상을 좀 더 좋은 곳으로, 장애인을 차별하지 않는 곳, 사랑이 실천되는 곳으로 만드는 데에 조금이나마 보태도록 하겠습니다. 그리고 저도 어린 학생들에게 선생님과 같은 큰 사랑을 베풀겠습니다. 선생님. 오늘같이 흐린 날이면 선생님이 더 그립습니다.

형형한 삶의 의지가
장애인의 본질적인 아름다움이다

 드라마에서 종종 등장하는 군인들의 모습은 참으로 멋지다. 각진 행동과 늠름한 목소리, 그리고 적군과 맞서 나라를 지키기 위한 강인한 체력. 그들의 아름다움은 사실 반짝이는 군복과 군화가 아니라 훈련을 받고 숲과 물속 어디든 뛰어다니는 헝클어진 모습이다. 땀을 흘리며 진흙탕을 굴러도 그 모습은 우리에게 신뢰를 준다.

나는 사회생활을 하면서 한때 목발을 짚고 걸었다. 평상시에는 별 문제가 없지만 쇼윈도 앞을 지나가거나 대형 거울 앞에 서면 나의 비틀어지고 흐느적거리는 사지가 그렇게 보기 싫을 수가 없었다. 스스로 상상하는 나의 모습과 남들이 보는 나의 외모는 이렇게 달랐다. 웬만하면 나의 실제 모습보다 환상 속의 모습을 그리며 살았던 기억이 난다. 사람들은 그런 나를 보며 물었다.

"그 몸으로 어떻게 밖에 나왔니?"

"뭐 하러 돌아다녀?"

"힘들 텐데 집에서 쉬지 그래."

그러나 나는 그러한 시각을 다 거부하고 여기까지 왔다. 그리고 끝없는 자아 성찰과 도전과 노력으로 얼마 전 우리나라 최초로 250번째 저서인 『인문학 따라 쓰기』를 출간했다. 아직 나보다 더 많은 책을 쓴 사람을 나는 어디에서도 만나지 못했다. 나의 헝클어지고 비틀어진 몸을 부끄러워하며 재가在家 장애인으로 남았다면 이건 결코 있을 수 없는 일이다.

장애인의 지향점은 비장애인을 따라 조금이라도 덜 절뚝거리며 걷는 게 아니다. 보이지 않는 눈으로 보는 척하는 거나 들리지 않는 귀로 듣는 척하는 것이 아니다. 게다가 장애를 극복했다거나 이겨냈다는 식의 성과 중심의 기준점도 우리 것이 아니다.

장애인의 아름다움은 군인 본연의 그것과 비슷하다. 비틀어진 몸, 현저히 떨어지는 신체적인 능력이나 그들이 살기 위해 필요로 하는 휠체어, 목발, 흰 지팡이와 보청기다. 그것을 부끄러워하거나 꺼릴 필요는 없다.

간혹 팔과 어깨 관절이 망가지고 있는데도 목발을 짚으며 어떻게든 걸어 다니려는 지체장애인 동료를 보면 나는 말한다. 몸 혹사하지 말고 휠체어를 타라고. 그러나 흔쾌히 행동에 옮기는 장애인을 나는 아직 보지 못했다.

장애인의 본질적 아름다움은 형형한 삶의 의지여야만 한다. 군인의 복장이 작전 중에 헝클어졌다고 해서 그 누구도 깔보지 않듯 장애인의 몸이 비틀어지고 활동에 제약이 있다고 해서 그 누구도 혀를 차거나 비웃을 수 없다. 차별과 편견으로 바라보는 걸 허락하면 안 된다. 장애는 그 자체로 아름다우니까. 더 크고 중요한 건 우리가 가진 삶에의 의지니까.

자살자 카페

 구치소에 수감자가 하나 들어
왔다. 평범하기 이를 데 없는 그는 죄수라고 하기에는 정말 어
울리지 않았다. 풀 한 포기, 곤충 한 마리 꺾거나 죽이지 못할 것
같은 청년이었다. 온몸은 바싹 말라 건드리면 곧 쓰러질 것만
같았다.

"죄목이 뭐야?"

먼저 들어와 있던 우락부락한 형사범이 그에게 물으니 그 청
년은 두려워 떨었다. 나중에 청년의 죄목을 알고 이번엔 감옥
안의 죄수들이 경악했다. 그는 무려 열두 명의 사람을 죽였다.
아니, 정확히 말하면 그가 직접 죽인 건 아니었다. 죽도록 만들

었을 뿐이니까.

그 청년은 인터넷 사이트에 자살자 카페를 만들었다. 카페를 만든 뒤 그 카페의 팔로워들을 모으고, 정보를 수집했다. 자연스럽게 자살자 카페는 자살을 조장하는 공간이 되었다. 그들로 하여금 자살을 하는 방법, 자살하는 장소, 그리고 혼자서는 두려운 자살을 함께할 동반자들을 모아주는 역할을 했다. 4년 동안 그는 집 밖에 나가지도 않고 은둔하면서 그 카페를 운영했다. 그 회원 가운데 무려 스물한 명이 자살을 시도했고 열두 명이 성공해서 안타깝게도 이 세상을 떠난 것이다. 그 카페의 운영자인 그 청년조차 자살을 꿈꾸는 외로운 늑대였다.

나는 전국에 강연을 다니면서 수많은 사람이 강연에 열광하는 것을 본다. 직장인인 그들은 낮에 힘들게 일한 뒤 저녁 때 쉬지도 않고 또다시 강연 장소를 부지런히 찾아오는 것이다. 무슨 일로 이렇게 강연을 찾아다니느냐고 나는 가끔 그들에게 묻는다. 공부라면 학교에서 지겹게 하지 않았느냐며.

그들의 대답은 아니라는 거다. 직장에서 대화가 부족하기 때문에 이렇게라도 자신들의 갈증을 채우고 싶다는 말을 듣고 난 반문했다.

"아니, 직장 동료들이 있지 않아요?"

"동료와의 대화는 영혼이 없어요."

그렇다. 직장에서 주고받는 대화도 다 업무에 관한 것들이다. 자신의 마음을 털어놓을 대상이 없는 외로움과 홀로 있음이 두려워 사람들은 강연을 찾아다니며 새로운 사람들과 소통하고 싶어한다. 그래서 강연 열기가 전국을 강타하는 것이리라.

누구 하나 마음 터놓고 이야기할 수 없는 현대인의 삶. 과연 이것이 옳은 것인가. 낯선 사람에게 말 걸기 두렵고, 누군가 말 걸어오면 움츠러드는 현실. 사람은 사회적 동물이라는데 어찌 이런 일이 벌어졌을까.

진정한 사회복지는 장애인이나 노약자에게만 국한되는 것이 아니다. 우리 모두 육체적, 정신적, 사회적 장애를 다소나마 갖고 있는 존재가 아니던가. 그들에게 다가가 말 걸고 혼자 있지 않음을 느끼게 해주는 거다. 눈에 드러나는 장애만이 문제가 아니다. 고립되어 있고, 이 사회에 참여하지 못하며 활동이 어려운 자들도 큰 범주에서 보면 장애인이 아니던가.

자살자 카페를 만들었던 그 청년은 수감된 뒤 오히려 거식증도 없어지고 체중도 늘었다고 한다. 함께 있는 수감자들과 대화를 나눌 수 있게 되어서다.

외로운 우리, 지금이라도 마음을 열고 소통해야 한다. 바로 내 곁의 사람들과……

자동차는
나의 도반道伴

 안산의 도서관에서 청소년 토론대회 심사를 할 때의 일이었다. 한참 학생들의 발표를 들으며 심사에 집중하고 있는데 전화가 걸려왔다. 받을 수 있는 상황이 아니어서 나중에 전화 하라고 문자를 보냈다. 그런데 얼마 지나자 이번엔 도서관 관계자가 몰래 다가와 밖으로 나오라는 것이다. 무슨 일인가 싶어 나가 보니 주차해놓은 내 차의 범퍼를 다른 차가 긁고 지나갔다는 것이 아닌가.

가끔 있는 일이었지만 일단은 현장을 확인해야 하기에 주차장으로 나가 보았다. 주차장에 정확하게 세워놓은 내 차 뒤에 검은색 승용차가 한 대 비상등을 깜박이며 서 있었다. 신혼부부로 보이는 두 사람이 바짝 긴장해서 나를 바라보며 다가와 말했다.

"저희들이 후진하다 범퍼를 긁은 것 같아요."

들여다보니 살짝 긁었는지 페인트가 벗겨져 검은색이 드러나 있었다.

"어쩌면 좋지요? 보험 처리 하겠습니다."

하지만 이미 나는 그때 대수롭지 않은 일로 내 마음의 평화를 깨고 싶지 않았다. 보험 처리를 하고 면허증을 확인하고 보험회사에 연락한 뒤 공장에 차를 넣는 일이 얼마나 번거로운지를 이미 잘 알고 있었기 때문이다. 안 그래도 차를 새로 장만한 지 2년이 넘어 여기저기 흠집이 생겨 언제 한번 같은 색의 페인트를 사서 벗겨진 부분을 직접 칠해야겠다고 맘먹고 있던 차였다.

"괜찮습니다. 그냥 가세요. 크게 망가진 것도 아닌데요."

순간 지켜보던 사람들과 사고 당사자는 자신의 귀를 의심하는 표정이었다.

"정말입니까? 가도 됩니까?"

"가도 됩니다."

그렇게 나는 쿨하게 그들을 돌려보냈다. 다시 도서관에 들어가 심사를 끝내고 나니 휴대폰에 장문의 문자가 와 있었다. 내 차를 긁은 젊은 부부의 감사 문자였다. 자신들도 이렇게 남에게 베푸는 삶을 살겠다며 SNS로 케이크 구매권을 하나 보낸 것이 아닌가.

나는 웃고 말았다. 어차피 흠집이 난 차에 흠집 하나 더 했다고 그들의 약점을 잡아 새 범퍼로 갈아치우는 그런 짓은 하고 싶지 않다. 덕분에 누군가에게 베풀 수 있었고, 그럼으로써 세상에 조금은 기분 좋은 바이러스를 퍼뜨린 것 같다는 생각이 날 기쁘게 했다. 자동차를 통해 나는 좀 더 성숙해진 느낌이 들었다.

흔히 자동차는 잘못 사면 골칫덩어리고 속 썩인다며 울분을 토로하는 사람들을 보게 된다. 심지어는 제조사 앞에 가서 자기가 타던 차에 불을 지르고 돌진해 들어가는 다혈질의 분노 조절 실패성 사고도 가끔은 접하게 된다. 사람이 타고 다니며 하루 이틀 쓰는 물건이 아니니 어찌 감정이입이 되지 않겠는가.

하지만 사람 사는 일을 모두 감정대로 느낌대로 행동하며 살수는 없는 노릇 아니던가. 그런 면에서 본다면 자동차는 우리가 도道를 닦고 마음의 평화를 유지하는 훈련에 무척 요긴한 물건이다. 내 앞으로 불쑥 끼어드는 차를 보고도 욕하지 않는 마음. 급하다며 달려오는 차에게 너그럽게 양보할 수 있는 아량. 좁은 길에 순서대로 진입하는 질서. 이 모든 것이 나를 수양하게 하고 성장케 하는 계기가 아닌가. 그 모든 수련은 자동차가 주는 선물이다.

한번은 지방에 강연을 위해 출장 갈 때 아내가 운전을 한 적이 있었다. 오랜만에 내 차를 운전하는 아내는 끼어드는 차량이나 양보하지 않는 차량들을 보면 흥분하거나 화를 참지 못했다. 그런 아내에게 나는 말했다.

"그런 걸로 흥분할 필요 없어. 다들 먹고살자고 바쁘게 뛰다보니 그런 거야. 이해해주라고."

그날 출장을 마치고 돌아와 아내는 나를 희떠운 눈으로 바라보며 말했다.

"당신 유명 작가라고 운전하면서 욕도 안 하고, 노인네처럼 점잖게 구는 거야? 사람들이 알아볼까 봐?"

나는 피식 웃고 말았다. 남의 시선이 두려워 내가 할 일을 못하고, 안 할 일을 하는 사람이라고 생각하고 있다니. 나를 몰라도 한참 모르는 이야기였다. 이래서 부부는 가까우면서도 먼 사이라는 말이 생긴 거였다.

"자동차는 내 도반道伴이야."

"뭐라구?"

"도반. 도를 닦게 해주는 내 친구지."

운전하면서 매일 수양하고 나 자신의 감정이나 분노를 다스

리려 애쓰는 나. 그런 면에서 본다면 자동차는 정말 나의 도반이다. 어찌 아끼고 사랑하지 않을 수 있겠는가.

간혹 교통법규를 어기고, 난폭운전을 하거나 상대방과 멱살 잡고 싸우는 사람들을 거리에서 본다. 자신과의 싸움에서 이기지 못하다 보니 아들 뻘인 교통경찰에게 한 번만 봐달라고 싹싹 빌거나 사건이 되어서 문제가 커지기도 한다. 이 무슨 부끄러운 짓인가 말이다. 아직도 수양이 덜 되어 그런 부끄러움을 당하다니. 자신의 마음에 평정을 유지하고, 스스로 삼가면 그럴 일이 없을 것을.

오늘도 나는 운전대를 잡으며 내 차에게 말을 건다.

"오늘도 도를 잘 닦자. 끼어들겠다는 차들 다 넣어주고, 내 것 다 주는 심정으로 양보하고, 가급적 법규를 준수해 마음의 평화를 누리자고. 그리하여 무사히 집에 돌아오자."

복잡한 도심에서도 나의 도반 자동차가 있으니 나는 깊은 산속에 들어갈 이유가 없다. 마음을 바꾸니 이곳이 도량道場이고 자동차가 나의 도반인 것을.

그래도
시스템이다

나에게 이메일이 한 통 왔다. 내 책을 다 읽었다는 여중생이었다. 그 사연은 자신이 뇌종양을 앓고 있어 학교도 그만두고 병원을 다니는데 종양의 부위가 너무 깊은 곳이라 간신히 조직검사를 했을 뿐이라는 거였다.

그 여학생은 내가 전국을 돌아다니며 강연한다는 걸 알고 시간과 장소를 묻더니 하루는 나에게 찾아와 자신의 삶에 대해 이야기해주었다. 자신은 의사가 되어 환자를 진료하는 게 꿈이라고 했다. 하지만 이미 건강에 문제가 생겨 그 학생의 꿈은 그냥 꿈으로 끝날 공산이 컸다.

한창 꿈을 키워야 할 여중생이 뇌종양으로 인해 아무런 활동도 하지 못하고 엄마 아빠조차도 그러한 딸에게 묶여서 생계 위협을 받는 것을 보면서 나는 마음이 아팠다. 내가 해줄 수 있는 건 고작 따뜻한 밥 한 끼 사주는 게 전부였다.

여학생의 딱한 사연을 인터넷에 올렸더니 선한 영혼을 가진 사람들이 도움을 조금 주었다. 물론 나도 앞장서서 소액을 보태주었다. 그러면서도 마음은 여전히 안타까웠다.

그 얼마 뒤 여중생은 가스 난방비가 모자라니 도와달라고 다시 연락을 취했다. 추운 겨울에 가스비가 떨어져 한 가족을 추위에 떨게 할 수는 없지 않은가. 이번에도 조금 도와주었다.

최근에는 지독한 감기로 병원에 입원했는데 신종 플루에 걸려 비싼 주사약 값이 많이 들었단다. 입원비가 없어 퇴원을 못한다는 SOS를 보내왔다. 어린 여학생이 병원에서 퇴원을 못한다는 말에 가만있을 수 없어 다시 약간의 나눔을 실천했다.

여기에서 내가 하려는 이야기는 내가 누군가에게 도움을 주었다는 사실이 아니다. 이 세상엔 나보다 더 크게, 많이, 훌륭하게 남을 돕는 사람이 얼마나 많은가 말이다. 여학생의 경우, 경기도에 사는데 서울에 있는 병원을 다녀야만 했다. 그러려면 아빠가 차를 운전해야 하니 일용직인 생업에 지장을 많이 받았다. 엄마가 운전을 하면 좋겠지만 과거의 사고로 인한 강한 트라우마 때문에 운전을 하지 못한다. 게다가 병원비는 살인적으로 비

싸다. 그런데도 지자체에 가면 여러 규정으로 인해 지원이나 도움을 받지 못하게 되는 것이다.

그러한 어려움에 처한 사람들을 구하고 살 수 있게 하는 것은 개개인의 간헐적이고 불규칙한 도움이 아니라 결국은 사회 경제의 복지 시스템이다. 우리가 왜 입만 열면 시스템, 시스템 하는가가 바로 느껴졌다.

물론 제도로 모든 사람의 특별한 경우를 커버할 수는 없겠지만 시스템 안에서 움직일 때 비로소 사람들은 자동적으로 보호망 안에 들어간다. 사회는 변하고 있고, 저마다 처한 입장이 다르다. 시스템을 수시로 업그레이드해야 하는 이유가 여기에 있다. 어려서부터 장애인으로 차별받고 편견에 시달려온 내가 전국에 강연을 다니며 책을 쓰는 이유도 바로 그것이다. 개인이 개별적인 사안을 항의하고 따져봐야 세상은 크게 바뀌지 않는다. 세상을 바꾸려면 좀 더 크게, 많이 시스템을 바꿔야 한다.

교육과 인식 개선이 그 강력하고도 항구적인 대안이 되겠다. 어린 시절부터 장애에 대한 인식 개선을 교육받고 장애인과 더불어 사는 세상을 경험하면 먼 훗날 그 사회는 장애인을 차별하지 않는, 장애인과 더불어 사는 시스템을 갖추게 될 것이다.

유니버설 디자인

 지방 강연을 많이 다니는 나는
KTX를 주로 이용한다. 부산을 다녀온 어느 날, 서울역 소속의
공익요원이 기차에서 내린 나의 휠체어를 밀고 엘리베이터로
향했다. 엘리베이터 앞에 도착하니 지팡이 짚은 노파와 무거운
가방을 든 승객들, 그리고 유모차를 밀고 가는 아주머니에 배
가 부른 임산부까지 다양한 사람이 자신의 차례를 기다리고 있
었다. 엘리베이터가 충분히 넓지 않아 한 번에 다 탈 수 있을 것
같지가 않았다.

　이윽고 문이 열렸다. 내가 들어가고 지팡이 짚은 할머니와 유
모차를 미는 아주머니, 그리고 임산부까지 올라타자 엘리베이

터가 꽉 찼다. 무거운 가방을 든 승객은 다음 차례를 기다리는 수밖에 없었다.

서울역에는 계단도 있고 에스컬레이터도 있으며, 엘리베이터 도 있다. 이 가운데 모든 사람이 가장 편리하게 이용할 수 있는 것은 단연 엘리베이터다. 한마디로 엘리베이터는 유니버설 디자인 제품이었다. 장애인, 비장애인, 남녀노소를 다 포함해서 하나의 시설을 이용할 수 있을 때 우리는 그것을 유니버설 디자인 시설이라고 한다. 조금 어렵게 말하자면 다양한 사람들의 개성과 조건에 대해 바르게 이해하고 존중해주는 것이 유니버설 디자인의 근본 정신이다.

매년 봄이면 장애인의 날이 돌아온다. 일 년에 단 하루 장애인의 날을 정해놓은 이유가 나머지 날이 비장애인의 날이기 때문이라는 우스개도 있지만, 장애인에 대해 상기시키고 그들의 고통과 어려움을 잊지 말자는 의미일 것이다. 장애인을 차별하면 안 되고, 편견과 냉대로 대하지 말자는 말들은 많이 한다. 학교에서도 이를 교육하며 캠페인으로 부르짖는다. 그러나 구체적인 각론에 들어가서는 무엇이 장애인을 위한 것인지 잘 알지 못하는 것 같다.

사실 장애의 정의는 끊임없이 확산되어왔다. 애초의 개념은 신체적인 손상을 뜻하는 것이었다. 그리고 1990년도에 장애인에 대한 개념을 세 가지 면에서 파악했다. 손상과 활동의 장애에 참여의 차원을 하나 더 얹었다. 그리하여 모든 사람에게 이 세 가지 기준을 적용했을 때 하나라도 장애가 있는 사람을 장애인이라 부르게 된 것이다. 몸이 멀쩡해도 다른 문제로 사회적인 역할을 수행하지 못한다면 장애인인 것이고, 살아가면서 어떤 문제가 발생하는 사람도 다 장애인이 되는 것이다. 한마디로 정의하자면 우리가 사는 세상에서 여러 가지 방식으로 제한을 느끼는 사람은 장애인이라고 봐야 한다.

엘리베이터를 탔던 사람들은 모두 그런 면에서 장애인이다. 그래서 지팡이 짚은 노파는 엘리베이터를 고마워했다. 물론 나는 휠체어를 탔기에 엘리베이터가 아니면 이동할 방법이 없다. 배가 불러 몸이 무거운 임산부의 경우 위험한 에스컬레이터가 아닌, 엘리베이터를 탔기에 편안하고 안전하게 목적지로 갈 수 있다. 뿐만 아니라 유모차를 미는 아기 엄마도 에스컬레이터나 계단을 오를 수는 없다. 엘리베이터가 없었다면 모두 장애를 느끼며 불편을 겪어야 할 사람들이었다.

사람들의 불편함을 발견해내고 누구나 편리하게 사용할 수 있도록 개선하는 것이 유니버설 디자인의 첫걸음이다. 높은 진열장은 어린이들이나 저신장 장애인이 물건을 꺼낼 수 없다. 그들을 배려할 수 있는 대책이 있어야 한다. 그뿐만 아니라 버스 노선도에 글자를 깨알같이 써 넣어서 눈이 불편한 사람이나 노안이 온 사람은 알아보지 못하게 하는 것도 유니버설 디자인의 정신을 어긴 것이다. 마찬가지로 버스 승차대의 옆면을 광고로 막아, 오는 차를 바라보려고 목을 내밀다가 교통사고가 난다면 그 역시 사람을 다치게 하는 디자인이다.

또한 의자가 너무 높거나 너무 낮아도 곤란하다. 낮은 의자도 준비하고, 기댈 수 있는 곳을 만들어준다면 무릎관절이 안 좋은 노인들에게 편안함을 줄 수 있다. 경기장이나 공연장에 갔을 때 장애인석을 마치 귀양 보내듯 따로 떼어놓는 것도 문제다. 온 가족이 공연이나 경기를 함께 편안히 관람할 수 있도록 배려하는 마음이 필요하다.

버스나 기차를 설계할 때 장애인까지도 편안하게 탈 수 있도록 바닥을 낮추거나 경사로를 장착하는 것은 유니버설 디자인의 마음이다. 복잡한 쇼핑몰에서 한눈에 목적지를 찾을 수 있도록 표지판을 설계하는 것이라든가, 화장실을 모든 사람이 불편하지 않게 이용할 수 있게 해주는 것, 그리고 각종 지도나 약도를 알아보기 쉽게 만들어주는 배려심. 이 모든 것이 바로 유니버설 마인드다.

장애인을 특별히 차별하거나 따돌리지 않았다고 하더라도, 무심히 비장애인이나 특정 계층의 눈높이에 맞추어 행동하거나 물건을 만드는 행위가 바로 차별을 불러일으킬 수도 있다. 모두가 함께하는, 모두를 위한 세상을 만들겠다는 마음, 유니버설 마인드가 많은 사람에게 전파되는 시발점이 되었으면 좋겠다.

"엘리베이터는 참 고마운 것이여."

엘리베이터를 탄 사람들이 저마다 목적지를 향해 흩어질 때 지팡이 짚은 노파가 한숨 쉬듯 말했다. 맞는 말이다.

좀
끼워 줍시다

일본에 다녀왔다. 그곳 장애인
들의 예술센터를 시찰하기 위해서였다. 우리보다 먼저 장애인
복지를 실현하는 나라인지라 가서 보면 배울 점이 많을 것 같
았다.

역시 장애인에 대한 세심한 배려를 곳곳에서 발견할 수 있었
다. 서비스 정신이 투철한 나라다웠다. 중증 장애인도 얼마든지
혼자 생활할 수 있는 편의시설을 보고서는 감탄이 절로 나왔다.
천장에 매단 리프트의 리모컨 하나만 조작하면 화장실과 욕실
을 마음대로 옮겨 다닐 수도 있었다. 그리고 장애인들이 예술센
터에서 비장애인들과 어울려 예술 활동을 하는 모습은 보기 좋

았을 뿐만 아니라 신선한 충격이었다.

하지만 이내 아쉬운 점도 보였다. 우리나라와 마찬가지로 그런 시설들은 대개 교외의 널찍한 곳에 자리 잡고 있었다. 장애인들만의 시설이나 마찬가지였다. 평상시에 비장애인들은 잘 모이지 않는 곳이었고, 도시 중심에서도 거리가 멀었다. 아무리 장애인들이 비장애인과 더불어 사는 세상, 함께 어울리는 세상을 만들고 싶어도 물리적 거리가 있어서는 아무것도 이룰 수가 없다.

어린 시절, 나는 문가에 앉아 골목길에서 아이들이 뛰노는 걸 지켜볼 수밖에 없었다. 신체적 장애도 문제지만 장애를 가진 아이를 놀이에 끼워준다는 건 생각해보지 않은 아이들 때문이다. 자기들끼리 뛰고 소리치고 웃으며 어울리는데 본능적으로 그들 사이에 나도 있고 싶었다.

그때 아이들의 관심을 얻으려고 나는 꾀를 하나 냈다. 맛있는 것이나 신기한 물건이 있으면 아이들에게 나눠주고 보여주면서 관심을 끌었다. 그러면 아이들이 몰려와 자연스럽게 대화를 나누고 친해질 수 있을 것 같았다. 나의 꾀는 이내 먹혔다. 뛰놀던 아이들이 하나둘씩 다가왔다. 그 아이들과 자연스럽게 대화를 나누고 놀기 시작하면서 이내 나는 골목대장처럼 되었다. 말로 모든 걸 다 지시하고, 아이들을 부렸다. 나의 리더십은 그때 훈련되었을지도 모른다.

장애인도 끼워주는 마음, 그것이 진정한 배려다. 혼자만 재미나게 살면 무슨 재미인가. 더불어 사는 재미가 쏠쏠하지 않겠는가. 큰 잔치가 있으면 주인뿐만 아니라 손님들도 신난다. 넉넉한 인심에 양껏 얻어먹을 수 있기 때문이다. 아무리 세상살이가 팍팍해도 나보다 못한 사람, 사회의 그늘에 가려진 사람을 돌아보는 마음이 아쉽다. 나의 작은 부분이라도 떼어주면 어려운 사람들에게는 전부일 수도 있다.

그래서 나는 앞으로 우리나라에 지어질 장애인예술센터는 어느 산기슭의 동떨어진 곳이 아닌 문화가 살아 숨 쉬는 곳, 비장애인들이 어울려 예술 활동을 하는 그런 곳에 만들어져야 한다고 생각했다. 예술에서부터 함께 어우러질 수 있다면 이 땅의 장애인들이 더욱 활기차고 보람찬 생활을 할 수 있을 것이기 때문이다. 이것이 외딴 곳에서 자기들 스스로 활동하는 일본의 예술센터를 보고 온 나의 결론이다.

수의에는
주머니가 없다

A그룹 재벌 회장이 보낸 승용차의 기사가 집 앞으로 와 나에게 전화를 걸었다. 점심 약속이 되어 있었기 때문이다. 아파트 로비 현관을 나서니 최고급 승용차가 뒷문을 열고 나를 기다렸다. 차에 오르자 기사는 정중한 태도로 차를 몰아 회장과의 약속 장소인 강남의 한 식당으로 데리고 갔다.

이 만남의 사연은 이렇다. 어느 기업의 사보에 나눔에 대하여 글을 써서 발표했는데 그 글을 읽은 우리나라 굴지의 재벌 회장이 나에게 전화를 걸어왔다. 식사를 대접하고 싶으니 한번 만나자고 했다. 나는 있는 줄만 알았지 실제로 보거나 만나기 결코 쉽지 않은 재벌 회장의 초대를 받아 밥을 먹으러 가게 되었다. 일개 장애인에 불과한 나를 재벌 회장이 무슨 이유로 보자는 걸까 생각하며 내가 쓴 글을 돌이켜보았다.

스핑크스라는 이집트의 괴물은 지나가는 사람마다 붙잡고 퀴즈를 냈다. 아침에 네 발, 점심에 두 발, 저녁에 세 발인 동물이 무엇이냐고. 그 답은 누구나 다 안다. 바로 인간이다. 즉, 0세 때는 네 발로 기다가 어른이 되어선 두 발로 걷고 마지막 늙어서는 지팡이를 짚기에 세 발이 되는 것이다. 이것을 다시 해석한다면 모든 인간은 건강하게 태어났어도, 죽을 때는 장애인으로서 삶을 마감해야 한다는 의미다. 한마디로 모든 인간은 장애로부터 결코 자유로울 수 없다는 뜻이다. 죽는 날까지 건강한 모습으로 살다가 이 세상을 떠날 수 있다고 자신할 수 있는 사람은 아무도 없다. 장애인의 모습이 곧 미래의 내 모습이 될 수도 있다. 나눔을 실천할 이유가 여기에 있다.

이러한 내용의 글을 보고 회장이 연락을 한 것이다.

식사 자리에서 만난 회장은 온화하고 진지한 분이었다. 당시 젊었던 나의 이야기도 잘 들어주었다. 회사에서 관심을 갖고 있는 사회 공헌에 대한 이야기를 중심으로 대화가 이루어졌다. 나는 사회 공헌이라는 말도 마음에 들지 않는다고 말했다. 공헌은 누군가에게 도움을 주고 희생을 했기에 보상을 받아야 하는 느낌이다. 자원봉사라는 말도 그래서 나는 싫어한다. 봉사라는 것은 시혜적 의미를 담고 있다. 도움을 받는 사람의 입장에서 기분 좋을 리 없는 표현이다. 그래서 내가 회장에게 제안한 말은 '사회 사랑'이다. 사랑은 대가를 바라지 않기 때문이다. 그는 회사에 돌아가서 사회 사랑을 실천하도록 지시하겠다고 약속했다.

회장에게 나는 말했다. 어설프게 사회 공헌을 하는 것보다는, 그 회사에 장애인을 한 사람이라도 더 채용해 달라고. 법적으로 2퍼센트의 인원을 장애인으로 고용하게 되어 있는데 그 회사는 1.5퍼센트밖에 고용하지 않았다. 부족한 0.5퍼센트를 채우면 70~80명의 장애인이 더 일할 수 있으며, 그 장애인들이 직장을 갖게 되면 그들에게 딸린 가족 수백 명이 나눔의 혜택을 볼 수 있다.

이야기를 나누고 헤어져 돌아오면서 나는 곰곰이 생각했다. 내가 가지고 있는 것을 남에게 나눠주고 배려하는 것은 결코 쉬운 일은 아니다. 인간은 이기적인 동물이기 때문이다. 그리고 다가올 미래가 불확실하기에 자신이 갖고 있는 것을 더더욱 손에 쥐고 놓지 않으려 하는 것은 당연한 것이다.

그러나 조금만 눈을 크게 뜨고 본다면, 결국 인간이 모두 장애인이 되듯 우리는 모두 나이를 먹고 점점 약해진다. 그리고 어느 순간 내가 가졌던 경제력과 재화는 순식간에 사라질 수 있다. 아니 사라지는 것이 당연하다. 요즘 우리 사회가 고령화 사회가 되고 독거노인 등의 문제가 심각한 것이 그 단초라 할 수 있다.

우리들 모두는 나이를 먹고 질병으로 고통을 받는다. 그러다 보면 가난에서 벗어나기 힘들다. 그렇다면 지금 우리가 사는 이 사회의 시스템을 가동해 주변에서 도와주고 손 내밀며 거들 수 있도록 해야 한다. 그것이 바로 조금씩 나누어주는 나눔과 기부의 문화이다. 아직까지 통 크게 기부하는 재벌 회장들을 보지 못했고, 기부를 생활화한 지도층 인사도 많지 않다. 하지만 늦지 않았다. 지금부터라도 기부와 나눔을 실천하면 나중에라도 그 기부와 나눔의 혜택을 받을 수 있다. 모든 인간이 장애인이 되듯 우리 모두 지금은 남을 도울 수 있지만 나중에는 도움을 받아야 하는 존재다.

식사를 마치고 돌아오는 길에 회장의 운전기사와 이런저런 이야기를 나누게 되었다. 나이 지긋한 그는 나에게 한마디의 명언을 남겼다.

"선생님. 수의에는 주머니가 없답니다."

이 세상을 하직하는 그날 우리는 모두 빈손으로 가야 한다. 어차피 가져가지도 못하는 것을 우리는 너무 많이 끌어안고 있다. 제대로 쓰지 못하고 굴욕스럽게 죽느니, 나눔을 실천하며 떳떳하고 홀가분하게 다음 생을 향해 나아가야 한다. 그 회장님에 그 기사라는 생각이 들었다.

죽을 때까지
감사하다

  감사는 어린 시절 가장 먼저 배우는 덕목 중 하나다. 아이들이 제일 먼저 배우는 인삿말이 '감사합니다'인 것만 봐도 알 수 있다. 그 이유는 아마도 사람 사는 세상이 감사를 주고받는 관계로 가득하기 때문일 것이다.

나는 글쟁이로 살면서 감사를 실천한 방법이 무엇일까 생각해보았다. 글쓰기는 특별히 누군가를 직접적으로 도울 수 있는 능력은 아니다. 그런 글쓰기로 내가 최초로 감사를 실천해본 것은 네 손가락의 피아니스트로 유명한 희아와 인세를 나누었을 때다.

당시 초등학교 6학년이었던 희아를 만나 그 이야기를 동화로 쓰기로 작정했을 때, 나는 출판사와 이 문제를 의논했다. 대개 작가가 이야기를 발굴해 글로 쓰게 되면 출판사는 소정의 금액을 소재 제공자에게 지불하는 게 통례다. 그러나 그렇게 하고 나면 나중에 책이 많이 팔리더라도 소재 제공자에게는 별다른 혜택이 돌아가지 않는다. 그 소재를 글로 쓰는 건 전적으로 작가의 몫이기 때문이다. 작가의 능력과 재능에 의해 책이 팔리고 안 팔리고가 결정되는 탓에, 한마디로 글은 그 작가의 지적 재산인 셈이다.

하지만 손가락이 네 개며 무릎 이하로는 다리가 없고, 작은 연립주택에서 살고 있는 희아네 집안 형편을 알게 된 나는 인세를 내가 다 받는다는 것이 무척 부담스러웠다. 어떻게든 희아에게도 이익을 나눌 수 있는 방법을 마련해주고 싶었다. 흔쾌히 자신을 이야기 소재로 제공한 희아에 대한 감사의 표시를 더 하고 싶었다.

그래서 내가 만들어낸 아이디어가 희아에게 인세를 나눠주는 것이었다. 나는 관계자들을 설득했다. 희아 몫의 인세를 나눠주자고 했다. 내 몫에서 1퍼센트를 내놓았다. 그리고 그림 작가에게도 부탁했다.

"이 책은 분명히 감동적이어서 잘 나갈 테니, 1퍼센트만 양보해줄 수 있겠습니까?"

"그러겠습니다. 1퍼센트를 양보하겠어요."

자초지종을 들은 그림 작가가 흔쾌히 찬성해서 희아 몫의 인세 2퍼센트가 만들어졌다. 마지막 남은 것은 출판사였다. 출판사 사장에게도 1퍼센트를 만들어줄 수 있겠느냐고 의사를 타진했다. 나눔을 통해서 감사를 표현하고 싶은 나의 마음이 통했는지 출판사 사장도 망설임 없이 오케이를 했다.

그렇게 해서 만들어진 책이 『네 손가락의 피아니스트 희아의 일기』(파랑새)다. 이 책은 출간되자마자 베스트셀러가 되었고, 지금까지도 꾸준히 독자들의 사랑을 받는 소중한 책이다. 결과적으로 모두 조금씩 양보해서 좋은 뜻에 힘을 합치니, 서로에게 감사하는 아름다운 뜻이 좋은 결과를 빚어낸 것이다.

그 뒤로 나는 내가 할 수 있는 방법 안에서, 작가가 되고 세상을 위해 봉사할 수 있도록 해준 사람들에게 감사의 뜻을 다각도로 표하려 애를 쓴다.

그다음 해 어느 금요일 저녁, 출판사 편집장에게서 예기치 않은 기쁜 전화가 왔다.

"선생님 책인 『가방 들어주는 아이』가 MBC의 프로그램 〈느낌표〉의 '책을 읽읍시다' 코너에 선정되었어요."

한 달 동안 방송에서 이 달의 책으로 홍보해주고 나면 책이 팔린 뒤 인세를 좋은 일에 기부하는 조건이라고 했다. 내 책을 그렇게 방송에서 알려주고 많은 어린이가 읽도록 한다는데 무슨 이견이 있겠는가. 나는 기쁘고 감사해 그 자리에서 그러마고 했다.

책은 순식간에 수십만 부가 판매되었고 방송을 통해 계속 알려졌다. 전국에 있는 어린이들과 부모님들이 어린이날을 맞이하여 내 책을 구입해 읽었다. 그 때문인지 그 책은 꾸준히 사랑받고 있다. 추후 출판사와 작가, 그리고 그림작가가 기부한 두 달치 판매량과 인세는 수억 원이 되었고, 그 돈이 지금은 전국 각지에 있는 '기적의 도서관' 건립기금으로 쓰였다. 참으로 감사한 일이다. 나의 작은 재능인 글쓰기를 통해 세상에 조금이나마 좋은 일을 했다.

지금도 가끔 기적의 도서관에 강연을 가면 농담처럼 나는 말한다.

"제 강연이 이루어지고 있는 이 도서관의 강당 정도는 내 돈으로 지은 것 같아요."

그러면 사람들이 뜨거운 박수를 쳐준다. 많은 사람에게 도움을 받은 내가 오히려 감사하다는 인사를 받는 것이다. 감사는 정말 바이러스가 전파되듯 많은 사람에게 영향을 미치는 것 같다.

이 땅에서 받은 감사의 빚을 갚기 위해 인세를 한 권, 두 권 나누다 보니 어느새 스물세 권이나 기부하게 되었다. 신문기자가 찾아와 인세 기부를 가장 많이 한 작가라고 인터뷰를 요청해서 몇 권이나 했나 헤아려 보았더니, 나도 모르는 사이에 스물세 권이나 감사의 뜻으로 인세 기부를 한 게 아닌가.

『희망을 주는 암 탐지견 삐삐』와 같은 경우는 푸르메 재단에 인세 전액을 기부했다. 장애인 재활병원을 짓겠다는 그 재단의 뜻에 십분 동조했기 때문이다.

"선생님, 책 한 권의 인세를 통째로 기부해주시면 어떻겠어요?"

어느 날 재단의 백경학 이사가 찾아와서 제안했다. 나 역시 어린 시절 재활병원의 신세를 졌던 사람으로서 병원의 필요성을 늘 절감하는데, 사회로부터 받은 은혜에 그런 식으로 감사 표시를 할 수 있다면 더 좋은 일이 없겠다 싶어 바로 수락했다. 그 결과 책의 모든 인세를 기부함은 물론이고, 2차 저작권, 번역권 등까지도 함께 기부했다. 출판사도 책 한 권이 팔릴 때마다 5백 원씩 기부에 동참키로 했다. 게다가 그림 작가도 자신의 그림 값에서 선뜻 백만 원을 내주었다.

나눔과 기부와 감사를 생활화하며 살던 나는 고등학교 동창회 추진위원장이 되었다. 9백 명이나 되는 고등학교 동창들을 전부 다 모아놓고 모교에서 잔치를 여는 일이었다. 장학금을 모금하고 행사를 준비하는 일에 몇몇 집행부와 함께 혼신의 힘을 다했다. 행사가 무사히 끝나고 남는 돈으로 모교에 장학금도 기부했다. 마침 친구들도 오랜만에 만난 터라 학교 부근의 맥주집에서 2차를 하게 되었다. 수십 명의 친구들이 모여 그동안 수고했다며 나에게 박수를 쳐주었다. 이윽고 한마디 하라는 친구들의 성화가 이어졌다.

"가장 바쁘고 가장 시간이 없는 고 작가가 왜 추진위원장을 맡아서 돈 모아 기부도 하고 여러 가지 일에 신경을 썼어?"

나는 이렇게 대답했다.

"내가 오늘날 이렇게 작가가 되고 사회에 기부를 하며 나눔을 실천할 수 있었던 것은 다 내가 이 사회에 받아들여졌기 때문이야. 너희들이 만날 내 가방을 들어주고, 업어주고, 심부름 같은 걸 해줬으니 내가 학교를 무사히 다닐 수 있었잖아. 아무리 생각해도 그 은혜를 갚을 길이 없더라고. 이렇게라도 동창회를 만들어 친구들의 반가운 얼굴을 보고 즐거운 시간을 보내면 너희들의 선행에 조금이라도 감사의 뜻을 표하는 게 될 것 같았어. 그래서 이 모임을 추진했는데 성공적으로 마무리되어서 너무 기쁘다. 정말 고맙다."

몇몇 동창생들은 내 말에 눈물을 글썽였다. 자신들은 별 생각

없이 나를 도와주었고 친구로서 함께 지냈을 뿐이라는 것이다. 그렇게 감격적인 분위기로 숙연해졌을 때 악동 기질을 가진 나는 마지막으로 즐겨하는 반전의 한마디를 더했다.

"그렇다고 너희들, 작가의 말을 백 퍼센트 곧이곧대로 믿지는 마."

"아하하하!"

맥주 집에 박장대소가 터졌다. 분위기는 금세 다시 화기애애해졌다.

사회에 대한 감사의 나눔이 인정받았는지, 그해 2월에는 보건복지부에서 시행하는 '이달의 나눔인 상'의 첫 수상자가 되었다. 장관이 주는 상을 받고 유명한 연예인들과 함께 사진을 찍으면서 내가 살아온 인생이 결코 헛되지 않았다는 사실을 다시금 깨달았다.

우리는 어린 시절 어머니에게서 배운 감사의 인사말을 죽는 날까지 해야 한다. 가급적 많이, 자주. 그리고 감사는 말로만 하는 것이 아니라 행동과 나눔으로 실천된다는 사실을 다시 한 번 깨달아야 한다. 그것만이 이 땅을 더불어 사는 세상, 좋은 세상으로 만드는 지름길이기 때문이다.

인간은 태어나면서부터 절대적으로 고독하고 심약한 존재다.

친구를 위해 대신 죽을 수도 없고,

자신이 죽을 때 누가 따라 죽어주지도 않는다.

철저하게 자기 자신은 스스로 지키고 사랑해야 한다.

청소년기는 바로 자신을 아끼고 사랑하는 방법을 배우는 시기다.

때로는 세상에 대한 반항심, 자신이 알고 있는 사실과

실제 현실의 괴리 때문에 고통을 겪기도 한다.

그러한 고통을 이겨내야만 비로소

자신을 사랑할 줄 아는 어른으로 성장한다.

• 저자의 강연을 원하는 기관이나 단체에서 연락주시면 (주)특별한서재에서 추진해 드립니다.

열정을 만나는 시간

ⓒ 고정욱, 2018

초판 1쇄 발행일 | 2018년 1월 15일
초판 4쇄 발행일 | 2020년 12월 2일

지은이 | 고정욱
펴낸이 | 사태희
디자인 | 박소희
마케팅 | 장민영
편집인 | 한승희
제작인 | 이승욱, 이대성
펴낸곳 | (주)특별한서재
출판등록 | 제2018-000085호
주 소 | 04037 서울시 마포구 양화로 59, 화승리버스텔 703호
전 화 | 02-3273-7878
팩 스 | 0505-832-0042
e-mail | specialbooks@naver.com
ISBN | 979-11-88912-10-0 (43810)

이 도서의 국립중앙도서관 출판예정도서목록(CIP)은 서지정보유통지원시스템
홈페이지(http://seoji.nl.go.kr)와 국가자료공동목록시스템(http://www.nl.go.kr/kolisnet)에서
이용하실 수 있습니다. (CIP제어번호: CIP2018000109)